EL DIABLO ME OBLIGÓ

EL DIABLO ME OBLIGÓ

F.G. Haghenbeck

D.R. © F. G. Haghenbeck, 2011
Esta edición c/o SalmaiaLit, Agencia Literaria

D.R. © De esta edición:

Santillana Ediciones Generales, SA de CV
Av. Universidad 767, col. del Valle
CP 03100, México, D. F.
www.sumadeletras.com.mx

Diseño de cubierta: Jorge Garnica
Lectura de pruebas: Jorge Betanzos y Aideé Orozco Pérez
Cuidado de la edición: Jorge Solís Arenazas

Primera edición: febrero de 2011

ISBN: 978-607-11-0957-6

Impreso en México

Para Pancho Ruiz Velasco, quien es amigo a
pesar de ser genio. Y para Edgar Clement,
quien plantó la semilla.

Al describir a su profesor,
don Juan utilizó la palabra diablero.
Aprendí luego que el diablero es un término
usado solamente por los indios de Sonora.
Se refiere a una persona que practica brujería negra…
¿Hay diableros hoy en día?, pregunté.
Tales cosas son secretas, me contestó.
Dicen que no hay diableros, pero lo dudo,
porque los diableros tienen sus propias leyes.

Las enseñanzas de don Juan,
Carlos Castaneda

I

El señor Nice Suit

"Nosotros somos nuestro propio demonio,
y nosotros hacemos de este mundo nuestro infierno."
Oscar Wilde

Hoy

Las calles ofrecían el espectáculo deprimente de la humanidad cagándose en el planeta. Grandes avenidas de concreto simulaban arterias gangrenadas. Casas sin ninguna aspiración se arremolinaban a los lados, cortadas a trechos por lotes baldíos que esperaban inocentes para ser devoradas por las desarrolladoras de bienes raíces. Los spots en español anunciaban la mejor estación para oír música "¡caliente!" o para contratar a Nickie López Chávez. "¡Abogado especialista en litigios laborales! ¡Gana hasta 10 000 *dollars cash!*" Si la ciudad de Los Ángeles es lo más alejado del cielo de Dios, entonces East Side es el mismo culo del diablo. Al menos, una de sus almorranas.

Nadie creería que fuera la medianoche. El barrio seguía despierto por derecho propio. Había que tener los ojos bien abiertos para evitar una bala, regalo de una pandilla. La lluvia había cubierto el vecindario con un manto de grasa, imitando el cabello de un padrote. Ante el sofocante clima, los habitantes del barrio salían a tomar el fresco bajo las telarañas de las escaleras de emergencia o en los pórticos de las casas. Eran refugiados de la pesadilla del hambre en su país. Sobrevivían al calor y a la migra, abanicándose mientras *workeaban* como limpiaexcusados en un McDonald's. Había mujeres en camisones, coronadas con una orgía de tubos; hombres en calzones y con una gran panza, a los que se les asomaba un testículo que buscaba refrescarse. Ante esa vista, el hombre del traje negro siguió conduciendo. Observaba a las familias que intercambiaban chismes desde sus patios llenos de bicicletas inservibles y botellas que nunca volverían a usarse. Su auto resaltaba como un diamante en un plato de frijoles. Husmeó en su plano de la ciudad. La mitad de las calles de esa zona no aparecía en su mapa. La dirección que buscaba, sí. La tenía marcada con un círculo.

Giró para dejar la avenida e internarse en un callejón oscuro como boca de lagarto, mientras se oía cantar tex-mex en la radio a Los Lobos. Un grupo de jóvenes alrededor de un bote en llamas lo siguió con la vista. Bebían de una botella envuelta en papel estraza y fumaban una gran pipa amarillo limón. Él bajó el cristal de su ventana, pero no apagó el aire acondicionado. No haría concesiones esa noche. Sólo deseaba demostrarles que no estaba perdido. Les clavó la vista de mirada telescópica al pasar. Uno de ellos le hizo señas ofensivas.

Continuó hasta el final de la calle, donde una casa de madera pintada de color indescifrable, entre el rojo y verde, lo esperaba con la puerta abierta, las luces encendidas, basura tirada y un hombre sentado en un Chevy 74 rojo metálico. El auto estaba finamente reconstruido como *Hot Rod*: achaparrado, arreglado para montarlo en una guerra postapocalíptica. Una figura de plástico de la caricatura de Cantinflas, vestido de diablo, escoltaba la capota. Debajo de éste, en letras góticas, se leía "El diablo me obligó".

El que lo esperaba no era viejo, aunque tiempo atrás había dejado su juventud en alguna prisión. Traía el pelo envaselinado, hacia atrás, sin ser demasiado largo para recogerlo en una coleta, pero tampoco tan corto para pedir trabajo. Vestía una camiseta sin mangas, con la leyenda "Bush is mierda". Los amplios pantalones estaban metidos en un par de botas del ejército norteamericano. Para no dejar dudas, un par de tabletas de identificación militar colgaban de su cuello. Peleaban por sobresalir con una cruz de granate rojo en plata. Un delicado bigotito, ridículo, de fiesta de quince años, adornaba su cara. Traía un cigarrillo en los labios. Sin encender.

El hombre del traje estacionó el Mercedes al lado del auto carmesí. Se veían tan disparejos como la boda de una mujerzuela con un banquero. Descendió, llevaba consigo un portafolio metálico.

—Puntual *as fuck,* vato. ¡Nice Suit! ¿Armani? —le gritó el latino enseñando una sonrisa toda mazorca y dos dientes de oro. El hombre del traje miró su vestimenta, como si descubriera que venía vestido. Era negra. Camisa blanca. Más neutral que un sello de correos.

—Creo que es Hugo Boss —respondió en español, extendiendo la mano para saludar. Su acento no era del barrio, era del que se aprende en la universidad, mientras se lee a Cervantes, García Márquez y Octavio Paz. El latino recibió la mano con una sonora palmada. Ladraron perros alrededor.

—¿*Ready?* Elvis Infante *go fuck tonight…* —exclamó el hombre, abriendo la puerta de su auto.

El hombre del traje no se movió.

—¡Eh, épale! Vámonos, señor Nice Suit.

—Te sigo en mi auto —respondió seriamente. Seguía sin moverse. Parecía un maniquí tieso y aburrido, en traje costoso, el tal señor Nice Suit.

—Mira, *broder*, tu *fuckin* carro trae el letrero de "Mátenme, soy güerito" —explicó.

De la casa salió un crío un par de años mayor que una década. Traía una enorme escopeta con doble cañón.

—Mi sobrino Lencho te cuida el carro.

El hombre del traje volteó a ver al niño. Llevaba un pijama sucio de *Spiderman* y un bigote de mocos secos debajo de la nariz. Sin soltar el arma, se limpió la nariz con la manga. Si la escopeta no asustaba a un ladrón, la idea de contagiarse de esa gripa lo haría.

El hombre del traje se subió al Chevy, al lado de su guía. Elvis Infante se despidió del chamaco. Arrancó con el escándalo de un Concorde despegando. Los dos permanecieron mirando al frente mientras circulaban por los vecindarios más oscuros. Era como meterse a una aldea infectada por el ébola: tarde o temprano, morías en ese lugar.

—Y tú, señor Nice Suit, ¿ya trabajas para El Cónclave? —preguntó Elvis Infante, al tiempo que ponía un disco de Celso Piña, acordeón arrancado desde Monterrey.

—¿Yo? No, ya me conoces, tengo un nuevo jefe —contestó parcamente, en tono de burócrata al explicar los impuestos.

—*Too much* lo que quieres pagar, güero, pero ¿quién es Elvis Infante para decirte algo? ¿Eh, vato? Tú pagas —dijo, dando vuelta hacia una avenida con camellón, adornada con basura añeja e iluminada por altos faroles que atraían polillas. Había mujeres dispersas, en grupos, solitarias, recargadas en cacharros que fueron autos hacía siglos, fumando mientras esperaban un cliente. El automóvil rojo disminuyó la velocidad, como un leopardo acechando a su presa. Las mujeres inquietas se movieron como si hubieran golpeado el avispero. Elvis Infante se detuvo frente a una. Bajó el cristal de la ventana. Ella volteó a los lados, cuidándose de los fantasmas que rondaban en la oscuridad. Se asomó al auto. Era delgada. La carne se aferraba a sus huesos, dejando poco espacio para los senos. Su pelo grasoso escurría por sus hombros. Unas grandes pestañas, enmarcando unos ojos verde hambre, eran lo único que quedaba de su belleza original.

—¿Qué quieres, papito? ¿Lo quieres grande? —preguntó la muchacha. Elvis la inspeccionó, volteó a ver a su contratante.

—¿Le tienes que pedir permiso a tu amigo gringo?

Elvis tomó el brazo de la muchacha igual que un tiburón a su presa. Lo extendió para mostrárselo al señor Nice Suit.

—¿Cuánto te has inyectado, morra? ¿Traes heroína dentro? —preguntó, señalando los múltiples puntos rojos en el delgado brazo.

La muchacha se retorció cual gusano atrapado.

—Suéltala —ordenó el señor Nice Suit.

El latino la aventó. Ella cayó secamente en el asfalto. Luego se levantó para conectar varias patadas al coche que se retiraba.

—No sirve. Estas morras se pican todo el día. Tienen *cool-aids*. No durarían una montada —murmuró enfadado. Volteó a verla por el retrovisor. Un dedo apareció en éste, invitándolo a que se lo metiera en el culo—. No tenía acento, *as fuck*. Cruzó de mojada hace meses. La vata loca va a terminar en una tumba en Juárez. ¡*Fuck*!

El señor Nice Suit señaló a alguien. No parecía haber oído su monólogo lacrimógeno. No pagaba para eso. Elvis sonrió al ver a la elegida de su contratante. Acercó el auto. Antes de llegar a ella, brillaron sus dientes de oro.

—Es la Curlys. La conozco. Me hizo un trabajito hace años. No se mete *shit*.

—¿Podrá hacerlo? —preguntó el señor Nice Suit.

Elvis levantó los hombros y escupió en la banqueta. La mujer caminó balanceándose hasta ellos. Tenía carnes, se ganaría un apodo hiriente en una escuela. Su pelo rubio estaba teñido. La cara regordeta, sazonada con humorísticas pecas en las mejillas, la hacía parecer una colegiala traviesa a la que le cayó encima una cubeta con treinta y tantos años. La playera no le ayudaba, pues unas pequeñas lonjas buscaban espacio para mostrarse.

—¡Ese Elvis! ¿Dónde te metiste? —preguntó sonriendo la mujer.

Infante le guiñó el ojo. Se levantó la camisa, dejando al descubierto una cicatriz que le atravesaba el tórax.

—Por ahí, Curlys. En el General Hospital. Dos días en coma —explicó. El señor Nice Suit observaba la complicidad. La mujer a su vez se levantó la falda, tenía puesto un calzón con dibujos de Hello Kitty y lucía una cicatriz en el abdomen. Elvis silbó al verla. Era espectacular, le ganaba a la suya.

—¿Te rajaron, ricitos?

—¡Nah! Cesárea. Una *girl* de cuatro kilos —explicó, volviéndose a bajar el vestido.

Infante soltó dos carcajadas. Le tomó la mano y le murmuró al oído:

—¿Te interesa una chamba, Curlys? Aquí el Hugo Boss quiere uno. Paga bien.

El señor Nice Suit estiró la mano para saludarla amablemente. Cuando ella se la tomó, una sonrisa iluminó el rostro del hombre. Ella logró un orgasmo al verlo.

—Sólo hago trabajos con *Lifesavers* —dijo seriamente.

Nice Suit hizo un gesto de aprobación. Elvis también.

El cuarto del motel al que entraron lo habían limpiado por última vez desde la guerra civil norteamericana. Olía a vómitos, orines y crack. Las cortinas tenían lunares negros por las quemaduras. La alfombra era una mutación de tela afelpada con un chicloso color rosa. Al caminar, los zapatos se pegaban ligeramente, soltando un ¡plaf! de chicle reventado.

Elvis abrió una Miller light de botella. La entregó al señor Nice Suit que esperaba sentado en una silla enmohecida. Curlys fumaba afuera del cuarto. Había concierto de sirenas y tiros lejanos. De vez en cuando eran superados por los helicópteros que lampareaban el vecindario. El señor Nice Suit bebió un trago de su botella. La cerveza estaba tibia y sabía quemada. Se la pasó a Curlys. Ella agradeció, sin aceptarla.

—No bebo —explicó. Se quedó en el umbral mirando al hombre del traje, con el cigarro en la comisura de los labios. Después de un rato le preguntó—: ¿Es Armani?

—Boss —respondió secamente. Bebió el resto de la cerveza.

Elvis estaba en el suelo completando un círculo con polvo blanco alrededor de la cama. Había pintado con tiza algunas palabras en signos ancestrales, de complicados diseños, y colocado veladoras esparcidas. Elvis terminó de extender el polvo. Se limpió las manos. Tomó el resto de su cerveza. Su eructo se oyó como un rugido de Godzilla.

—¡A la cama, ricitos! —gritó.

La mujer soltó el cigarro. Lo aplastó con su zapato de tacón rojo. Pero no se movió.

—Estoy esperando a mi *Lifesaver* —exclamó sin prisas.

Como si lo hubiera invocado, una camioneta Chevrolet con llantas de *monster truck* llegó a estacionarse frente a ellos en el cuarto del motel. La música llegaba a todo volumen. Era una rola premezclada de Manu Chao.

Descendió de la pick up un hombre rapado. Sólo traía chaleco de cuero, sin camisa. Llevaba unas bermudas floreadas y botas vaqueras color azul. Parecía un turista disfrazado de tejano.

—¿Éste es tu *Lifesaver*? ¿El Tecate? —preguntó molesto Elvis.

El calvo le gruñó. Curlys caminó hasta la cama, se tendió en ella. Elvis volteó a verla:

—¡Es un *fukinjijodeputa*!

—Déjate de cosas… Hazlo, no tenemos toda la noche —lo apuró la mujer. Elvis escupió de nuevo, salpicando las botas azules. El calvo no le dijo nada. Regresó a su camioneta. Tomó una Biblia, una estola, un *tupperware* con hostias, un frasco de agua, y entró. Cerró la puerta. Ahí se dio cuenta del señor Nice Suit. Lo saludó con una inclinación de cabeza. El del traje negro se la devolvió. Todos trataron de verse civilizados.

Elvis apagó las luces. Sacó un viejo cuaderno de notas sin pasta que traía doblado en sus pantalones. Todo estaba escrito con letra apretada, apenas cediendo espacio para los dibujos de varios símbolos. Comenzó a recitar las frases arcaicas. Sonaban viejas y con telarañas. Su voz era profunda, cavernosa, como si sacudiera las tripas de la tierra. Con cada estrofa la oscuridad ganaba paso. Cada verso subía la temperatura. Curlys gimió, revolcándose excitada. Elvis permanecía adentro del círculo. A sólo unos pasos de él, el Tecate esperaba con la Biblia, cual bombero cuidando los fuegos artificiales. Cuando éstos llegaron, fueron espectaculares. Mejor que Disneylandia. La cama se agitó. Los focos de las lámparas laterales estallaron. Las sábanas empezaron a derramar sangre y los quejidos de Curlys se volvieron voces en arameo. Oscuras y distantes.

—¿Traes el *Vade retro Satana*? —preguntó al Tecate el señor Nice Suit.

Éste afirmó con la cabeza. Su voz era tan natural, como si se tratara de una plática espontánea en una cantina. Mientras, el cuerpo de Curlys se elevó entre convulsiones. Giró por el cuarto como si colgara de un cable invisible. Su boca comenzó a sacar burbujas. Volvió la cena: un burrito.

Con una gran sacudida, el cuerpo flácido que levitaba comenzó a moverse. Hizo varios movimientos imposibles para un humano. La piel de los brazos empezó a abrirse, brotaron heridas que no dejaban escapar sangre. Un murmullo inundó la habitación. Era el sonido de aleteo de una mosca. Subió hasta ahogar a los presentes. De la boca de Curlys salieron moscas y tentáculos. Elvis dio un paso hacia atrás. Reconoció al que en ella se manifestaba. La mano derecha tembló. La sensación de un hielo que corría por adentro de su espalda lo hizo gemir. Había tocado la puerta y le había abierto un conocido que había esperado nunca volver a ver. Un impulso opresor aderezado de odio lo calmó. Elvis se volteó hacia el hombre del traje.

—Será mejor soltarlo, *men*... Es él.

—Continúa.

—Éste no es uno de los normales. Lo sé, me ha buscado toda mi vida.

Míster Nice Suit sólo abrió un poco sus ojos.

—Termina el trabajo —ordenó. Fue preciso. Mejor que un maestro de escuela ordenando un examen sorpresa.

—Esta vez te voy atrapar los huevos *jijodelachingada*... ¿Lo quieres empaquetado? —preguntó Elvis acercándose a una caja con motivos en metal que tenía a sus pies. Esa distracción hizo que le diera la espalda a Curlys, que levitaba y le dio un golpe cual ariete medieval. Elvis rebotó en la pared, dejando un hoyo y rastros de sangre. La cara de la mujer se trasmutaba en dientes, lenguas y ojos. Todos hablaban a la vez:

—*Draco sit mihi dux... Draco sit mihi dux...* —la voz cambió por la de un hombre. Latino y muerto hace diez años. El único que podía reconocerlo permanecía tendido en el piso. Elvis nunca oyó la voz de su hermano decirle—: "Puto de mierda... Belzebú me caga en cada cogida. Tú sigues."

El Tecate rápidamente se colocó la estola sagrada y comenzó a recitar oraciones en latín:

—*Crux sancta sit mihi lux, Non draco sit mihi dux... Vade retro Satana, Nunquam suade mihi vana... Sunt mala quae libas. Ipse venena bibas.*

Sacó la botella de agua y la roció a la mujer. Ella se convulsionó como gusano con sal. El ente en el que se había transformado Curlys gruñó. La cama crujió como si se hubiera partido en dos. El plafón estalló rompiendo el círculo mágico.

—¡Está roto el círculo! —exclamó el hombre del traje incorporándose de su asiento.

Al mismo tiempo, el Tecate se veía en el trance de morir: el ente lo tenía agarrado del cuello con la intención de rompérselo. Lo hubiera logrado si Elvis no se arranca la cruz del pecho y la coloca en los senos de lo que quedaba de la mujer. La pieza de metal estalló en llamas.

—No me vas a chingar... —logró murmurarle al que había encarnado en Curlys.

El Tecate cayó al suelo chicloso. Su rostro se encontró con pedazos rancios de papas fritas. Para ese momento, el señor Nice Suit alcanzó su portafolio. Elvis gruñía de dolor por los golpes que le propinaba el demonio. Éste le desprendió uno de los dientes de oro, el cual cayó a un lado de la cabeza del Tecate.

—Puto. ¿Sabes cómo se la meto a tu madre?... ¡*Siete uomini dei morti*! ¡*Siete uomini dei morti*! —babeaban las lenguas, ojos y tentáculos. Cada palabra hacía crujir la coherencia como un pitillo de mariguana aplastado pidiendo clemencia.

El hombre del traje tomó una caja de metal de su portafolio. Sacó un pequeño pedazo de hueso limpio. Alcanzó su botella vacía de cerveza y lo metió en ésta. Comenzó a recitar algunas palabras en voz baja. Mostró la botella al ente. La criatura se revolcó. Las lenguas lamieron los ojos y dientes, saboreándose lo que veían. Elvis cayó en un extremo de la cama. Alzó la vista para ver cómo el ente dejaba el cuerpo físico de Curlys por su boca, cual enjambre de moscas, tentáculos y baba para meterse en la botella.

—¡Un corcho! ¡Rápido! —gritó el hombre del traje.

Elvis, desesperado, sacó su navaja. Tomó uno de los dedos del Tecate y lo cortó de tajo. Éste rugió de dolor. Elvis lo aventó a su contratante. Con habilidad, el señor Nice Suit tapó la botella con el dedo mutilado. El ente maldijo desde el fondo de la botella, distorsionándola en forma y tamaño. Elvis volvió a respirar. Se descubrió temblando de miedo. Hacía años que no se le metía esa sensación por los poros de la carne. Fue durante su paso en el ejército, en Afganistán. Trató de desalojar el terror de su cuerpo igual que a un inquilino molesto.

El señor Nice Suit colocó la botella en el portafolio con la calma con que un violinista callejero guarda su instrumento después de su presentación.

—Dámelo —le gruñó el Tecate. Los dos hombres voltearon a verlo. Tenía la nariz rota y sangraba del dedo amputado, pero aún así los encañonaba con una escuadra 9mm. Parecía una Walther. El señor Nice Suit se volteó con el portafolio en la mano.

—¿Lo quieres para venderlo a los japoneses? ¿Cuánto te ofrecieron? —le declamó en su español pulcro.

—Te importa una *fuckin* chingada qué hago con él... —respondió dándole una sonrisa llena de hemoglobina.

—¡*Hey men*! Déjalo, Tecate. Éste que está adentro no podrá pelear. No tiene cuerpo, es un cabrón que va a comerte vivo. Éste muerde, no juega. Si lo dejas ir será un pandemonio —le explicó Elvis lamiéndose su propia sangre. El Tecate clavó su mirada en el derrame del ojo de Infante. Vio sangre y terror. No le importó. Se fue acercando sin bajar el arma. Nice Suit tampoco soltaba el portafolio. Antes de que el Tecate diera el último paso una bala perforó su frente. Apareció un hoyo arriba de su ceja izquierda. Algunos pedazos de sesos permanecieron en los bordes. Cayó de nuevo como pared de tabiques desplomada. No se volvió a levantar. Elvis vio cómo Curlys sostenía un diminuto revólver en sus manos.

—¡Nadie se va a joder a mis clientes! ¡Me deben *fuckin money* por atrapar a ese cabrón! —le gritó al cadáver que yacía sobre la alfombra rosa. El señor Nice Suit le entregó un pañuelo a la mujer, que tenía grandes moretones en el rostro y cuerpo.

—Recomiendo que vayamos al hospital. Este demonio te dejó hecha una mierda.

Cuando Elvis estacionó su auto al lado del Mercedes, estaba amaneciendo. Un sol cochambroso despuntaba entre chimeneas de fábricas. En el pórtico de su casa, su sobrino esperaba dormido con la escopeta en las manos. Una burbuja de moco en la nariz crecía con su respiración. Elvis le pidió con señas al señor Nice Suit que no hiciera ruido. No deseaba despertarlo. El hombre del traje comprendió. Abrió la puerta de su auto y metió el portafolio, mientras Elvis cargaba al niño para llevarlo adentro de la casa. El pequeño en ningún momento soltó la escopeta.

Elvis Infante regresó con su contratante, que lo esperaba en su automóvil. Se paró a un palmo de él y entrecerró los ojos por el molesto sol mañanero.

—¿Tú sabes a quién atrapamos hoy? —preguntó Nice Suit.

—Un viejo *partner*. Lo vi por primera vez cuando mató a mi hermano, desde ahí ha jodido mi vida. Nunca pensé que podría vengarme de él. ¡*Shit*, de todos los *demons* del mundo, tenía que ser éste! ¡Es una puñetera coincidencia…! ¿No lo recuerdas? Fue nuestra primera cacería, señor Nice Suit.

—¿El caso en Bel Air? Fue un desastre. Trato de no recordarlo.

—Exacto. Por eso no quiero saber qué vas a hacer con él, sólo prométeme que no lo soltarás —pidió Elvis. Se limpió el último rastro de sangre de su labio. Nice Suit hizo un gesto. Pudo ser cualquier respuesta. Elvis lo tomó como un acuerdo. Satisfecho, preguntó:

—¿Metiste la reliquia de un santo en esa botella? ¡*Fuck*!, ¡diablos! Sienten la necesidad de corromper la santidad… Te has vuelto bueno, señor Nice Suit. Ya no queda nada del idiota con el que trabajé en Bel Air.

El hombre del traje sacó de su portafolio un fajo de billetes del grueso del directorio telefónico. Se lo entregó en las manos.

—Era un pedazo de la costilla de santa Teresa de Milán. Su cuerpo continúa incorruptible. No pudo evitar la tentación —explicó. Sacó otro fajo y se lo entregó también. Lo tomó sorprendido—. Esto es para la dama que nos ayudó. Dáselo cuando salga del hospital.

El hombre del traje subió el cristal. Antes de cerrarse completamente, Elvis le soltó:

—Vato, me mentiste…

Giró su cara sin ningún gesto, como había hecho toda la noche, cual esfinge de piedra. Alzó la ceja, preguntándole en silencio a qué se refería.

—Tu traje, señor Nice Suit, no es Hugo Boss. Te pillé desde que llegaste… Es Donna Karan —respondió Elvis. Sin esperar la respuesta, entró en su casa.

En el interior del automóvil, el hombre del traje se colocó su collarín de sacerdote. Se miró en el espejo retrovisor para arreglarlo. Cuando decidió que se veía bien, tomó su celular y marcó. Al responderle del otro lado de la línea, secamente dijo:

—Tengo uno, señor obispo. Voy para la parroquia.

II
Así habló Angra Mainyu

"El Diablo es optimista si cree que puede hacer peores a los hombres."
Karl Kaus

Cinco años antes

—¡Dile a ese ovejero que se quite del camino o vamos a fornicarnos todas sus cabras! —gritó como un maniático pervertido el Rockie Ballard. Asomó su cabeza por la mirilla del Hummer. Era redonda y naranja. Parecía una calabaza. El cabo Elvis Infante volteó a verlo. Por un momento pensó reventársela con el lanzagranadas de su rifle M16. Quería ver si, igual que una calabaza, su sangre era anaranjada y llena de semillas. No le hubiera molestado hacerlo. Odiaba el rostro irlandés del Rockie Ballard lleno de espinillas de adolescente. Era la inmaculada cara de *loser*.

—Deja en paz a ese *fuckin-arab*, Rockie. ¿No ves que está a punto de orinarse en sus pantalones? —le gruñó molesto el soldado Marmalade. No ayudaba mucho que un negro de Georgia le gritara a un irlandés de Garden State, que a la vez le gritara a un afgano. La globalización acababa de sucumbir cual torre de Babel, construida con naipes, a la que le quitaron la parte baja.

Elvis Infante estaba a punto de ebullición. Se desesperaba difícilmente, pero su tropa sabía que no había que poner la hornilla a todo fuego. Algunos días pensaba que su comando era el mejor de todo el mundo, pero en ciertas ocasiones, como la que estaba presenciando, aseguraba que era una sarta de retrasados mentales tratando de levantar una prostituta en un desfile de monjas.

—¡Que las quite! ¡No puedo avanzar por encima de sus putas cabras! —volvió a rugir el Rockie Ballard. Por su voz gangosa, emitida entre el murmullo del viento, hizo que se escuchara algo como: "Que las queme. No puedo mamar con encintas con puras canas".

Elvis Infante salió del transporte de tropas Hummer. Su bota tocó el suelo. Levantó polvo como si la tierra tosiera tuberculosa. Se acomodó el casco militar. Caminó por la terracería aplastando un escorpión que cruzaba la inmensidad de la llanura de Afganistán. El cuerpo destripado se quedó retorciéndose. Para cuando Elvis Infante llegó al lado del pastor, el escorpión dejó de moverse.

—¿Qué sucede, vato? —le preguntó a Marmalade. El soldado de color se volteó a ver a su cabo. Su cara era chata y plana. El tabique desviado lo hacía ver simiesco. Sus hombros, del tamaño de California, imponían. No para Elvis, que peores cabrones había frito en prisión. No importaba que Marmalade le sacara una cabeza a Elvis, éste era su superior. En toda la palabra.

—El pastor dice que una de las cabras está pariendo. No puede dejarla aquí. Se la comería un leopardo de las nieves —explicó el oficial Jeremías "Marmalade" Houston. El único del comando Task Force Devils del 85th Airbone, que hablaba ese puñado de gargajos que llamaban idioma. Hasta habían osado ponerle nombre: persa.

El cabo Elvis Infante se ajustó el chaleco del uniforme en camuflaje color caqui. Se levantó los lentes que lo protegían de las tormentas de arena y analizó la situación: el convoy de los tres transportes Hummer estaba exactamente a la mitad de un camino, parado en lo que parecía el retrete del infinito. Supuestamente no podían seguir avanzando. Frente a ellos, un pastor musulmán había colocado su tienda rodeada de chivos flacos. Su balar le recordaba el lamento de huérfanos en un orfanato. La situación entera resultaba patética.

El pastor era una palma más bajo que Elvis, aun con su turbante. Al igual que sus cabras, bajo su piel no parecía que hubiera carne. Sobresalía una enorme nariz y una larga barba que invitaba a un ave a hacer su nido ahí. Inclusive para un avestruz. Las túnicas que cubrían al cabrero se movían por el viento o por las chinches. Cualquiera que fuese la razón, Elvis prefirió permanecer alejado, a un par de metros.

—¡Rockie, deja a ese cabrón! —le gritó otro de la compañía, desde uno de los transportes posteriores. Era Héctor, uno de los ayudantes del cabo Infante. El chofer de la Hummer, el irlandés Jimmy "Rockie" Ballard, levantó su rechoncho dedo medio haciendo una señal obscena. Parecía más una zanahoria que un símbolo fálico.

—Está estorbando el camino. Pídanle que se quite… —graznó recargándose en la ametralladora de la escotilla superior. Elvis miró a los lados del supuesto camino. Tal como lo había pensado, no encontró nada. Un *nada* absoluto. Tierra, rocas y nada. El mejor *nada* que había visto en su vida.

Giró sobre sus botas. Se rascó la cabeza dejando ver su corte militar casi a rape. Comprendió lo *squire* que podrían ser los ineptos. Incluso le dio envidia poder vivir en el país de la ignorancia donde el Rockie Ballard había comprado un terreno a perpetuidad.

—¿Qué no puedes rodearlo? —preguntó amablemente tratando de no hacer obvia la observación acerca de que la carretera sólo eran huellas de otros transportes y algunas piedras colocadas en cada lado.

—¡Está en medio del camino! —se quejó mostrando su calabaza por la mirilla. Infante reprimió su deseo de partirle la cabeza con su M-16. Ya no con una bala, sino a golpes. Era para asegurarse de que el cerebro lo había dejado olvidado en algún sitio de Nueva Jersey.

—Dale la vuelta, *men* —le ordenó sin mirarlo. Marmalade lo siguió al transporte. La cabeza de calabaza se perdió en el toldo, regresando a su lugar como conductor. Elvis Infante se sentó en la Hummer. Se sacó su casco y se metió un cigarrillo a la boca. Comenzó a masticarlo sin piedad, destruyéndolo totalmente.

—Tiene la forma más idiota para dejar de fumar, cabo —le murmuró Marmalade robándole uno del paquete—. Los masacra antes que fumarlos.

El cabo Elvis Infante de la unidad especial Task Force Devil no contestó. Escupió el cadáver de su cigarro. Cayó a pocos centímetros del escorpión muerto. Los dos quedaron en la playa del olvido de las montañas de Afganistán recordando que el luto por el 11 de septiembre no terminaría sino hasta que limpiaran de terroristas a ese país. Elvis y su gente formaban parte de la operación "Anaconda", el operativo planeado por el ejército de los Estados Unidos para buscar los escondites en las varias cuevas que existían a través de la gama de montañas de Afganistán. Esos escondrijos eran los agujeros de ratón para Al-Quaeda y sus armas. Desde ahí salían para burlar las ratoneras y robar el queso, pero los Task Force Devils eran una compañía dura. Perfecta para usarlos como gatos cazadores. Los nombraron así desde la segunda guerra mundial: *Devils in baggis pants*. A Elvis Infante le gustaba el mote. Él mismo se consideraba un cabrón cholo en pantalones aguados.

Miró el horizonte. Extrañó su barrio. Ya había dejado el caló y palabras de *la pandilla* para adaptarse al lenguaje del ejército. Deseaba estar en las calles, con música tropical a todo volumen, contagiado de ese estilo de hablar y bebiendo paquetes de cerveza como si fueran jarras de agua entre amigos. No era así. Su realidad era otra: era un soldado, un oficial del ejército de los Estados Unidos de América combatiendo en la primera guerra del siglo XXI: la invasión a Afganistán.

No había terminado el año 2001 y ya estaban a punto de dejar limpia la casa para entregar las llaves. Al menos eso pensaba el gobierno, el ejército y el público de consumidores de Wal-Mart que no se perdían el "*Soap Opera*" del Fox News sobre la guerra por la libertad. La guerra de Afganistán era un circo mundial, televisado en vivo y a todo color. Al parecer, con la batalla de Kabul, el dominio del país se creía consumado. No era algo que presumir. Lo habían logrado con varios bombarderos que habían exterminado el armamento que no podían esconder en una maleta. Si es que existían maletas en Afganistán. Pero todo eso era una chorrada de mentiras optimistas. Ahora la guerra saltaba al plano donde los talibanes y Al-Quaeda deseaban: las montañas. Por eso, varios comandos, unidades y pelotones andaban comiendo ratón talibán asado. Mas para el comando especial de "Diableros" del cabo Elvis Infante la verdad era otra. Una muy lejana a lo que se veía en los noticieros.

Su intercomunicador sonó. El cabo Infante se colocó el casco para oír el mensaje. No se sorprendió al oír la voz de su jefe, el capitán Potocky. No estaba enojado ni molesto. La vida para el capitán era un juego de Monopoly en la que casi siempre era dueño de todas las fichas.

—¿Arreglado el contratiempo, Elvis? —le preguntó por los audífonos. Volteó para ver el transporte Hummer que le seguía a sólo unos metros, era el vehículo del capitán. Para que no hubiera duda de eso, tenía escrito a los lados She-Devil con un pin-up nostálgico de una mujer vestida en un traje de diablo enseñando mucha carne. La modelo tenía un gran parecido a Betty Page. La figura en escultura de la She-Devil también estaba al frente del Hummer, al centro de la capota.

—Arreglado, capitán —le respondió Elvis militarmente escueto.

—La siguiente vez no te reprimas. Dispárale al Rockie Ballard. Diremos que fue una bala perdida del Talibán —se despidió el capitán. Elvis no pudo contener la sonrisa. Había más complicidad entre su capitán y él que en una pareja de casados. Su relación jefe-asistente era perfecta.

—¿Todo listo? —preguntó volteando hacia un par de soldados que permanecían con él. Éstos contestaron perezosamente que sí. Podía referirse a una orgía, una masacre, un pastel de manzana o a jugar Twist. No importaba lo que él preguntara, ellos dirían que sí. Eran Billy y Héctor. Él mismo los había escogido, no por sus dones, sino por mantener su boca cerrada sobre los trabajos extras que hacían para el capitán.

Elvis Infante abrió su saco. Sacó la cruz de plata y granate. La besó y la devolvió a su lugar. Al lado de sus acompañantes: las tabletas metálicas de identificación militar.

—*Let's fuck...* —ordenó a Marmalade. El negro se persignó quitándole el seguro a su arma. Cabeza de Calabaza Rockie comenzó a cantar desafinadamente *Oops!... I Did It Again* mientras conducía. Todos estuvieron de acuerdo.

Para cuando el ejército americano llegó a este país, contrario a lo que muchos en Norteamérica creían, Afganistán ya estaba ahí. Llevaba mucho tiempo, inclusive varios siglos. Su nombre también permanecía: lugar de *afgans,* Afganistán.

Habría corrido con mejor suerte durante toda su historia si alguien le hubiera encontrado algo bueno a ese territorio. No se necesitaba nada especial: algunas minas de oro, petróleo, tierra para vinos Chardonnay o un buen equipo de béisbol. Lamentablemente el país tenía poco que ofrecer. Por eso, durante todos los anales del mundo, lo habían usado como pelota en un juego llamado "todos pateen a Afganistán". Aunque imposible de creer, era un deporte popular.

Afganistán había sido parte del gran Imperio Persa varios milenios antes de Cristo. Fue la zona donde nació y creció el mito de Zaratustra, que con los siglos se convertiría en el dogma del zoroastrismo. Una sencilla religión monoteísta. La primera en el mundo basada en un concepto simple: la dualidad del bien y el mal, la eterna batalla entre la luz y las tinieblas. Ahura Mazda era su dios principal; su contraparte era un espíritu malvado, Angra Mainyu. Hermanos gemelos y, como muchos humanos, opuestos. Con ello, dejaron al mundo la mejor herencia en plantear por primera vez que estos espíritus coexisten en cada uno de los seres vivientes. En resumen, acertaron al decir que el bien y el mal poseen el mismo código postal: el hombre.

Después de Alejandro Magno, los habitantes de Afganistán se vieron invadidos constantemente por los reinos circundantes. Aunque el país se empapó de la influencia del budismo, no cesaron las guerras. Llegaron los árabes, los mongoles y los iraníes. Todos los aporreaban o dominaban sin importarles mucho que simplemente se tratara de un pedazo de roca rodeado de ovejas.

Los ingleses, en su juego colonizador, trataron de llevar el té a las cinco, escuelas, trenes y otras cosas que ellos necesitan para llamarse civilizados. No era ni mediodía cuando, frustrados, dejaron la labor de modernización. Agarraron sus maletas y se retiraron, dejando a Afganistán para que se rascara con sus propias uñas. Pasaron de un reinado a otro, entre usurpadores, familiares y derrocados. A finales de los setenta los soviéticos los invadieron con el pretexto de lograr la paz contra los rebeldes islámicos que eran apoyados por Estados Unidos. Cuando a los rusos se les acabó el dinero para seguir pagando el salario de los soldados, los tanques y el vodka, decidieron retirarse. Pensaron que si los talibanes deseaban quedarse con ese pedazo de roca, se los dejaban. Ellos estaban más preocupados por andar derrumbando el muro de Berlín, construyendo McDonald's en la Plaza Roja y lidiando con el alcoholismo de su nuevo líder. Así que los extremistas islámicos hicieron de las suyas. Al ver que no había adultos en casa, invitaron a su fiesta a Al-Qaeda con sus rifles de repetición Uzi y misiles tierra-aire. A Estados Unidos no le gustó, aunque casualmente ellos los habían financiado. Consideraban que era una fiesta ruidosa, salvaje y con poco gusto, al no haber invitado a ninguna *playmate*. Ésa sólo era una de las razones por las que el régimen de los talibanes fue denunciado por la totalidad de la comunidad internacional, o al menos por los países que la representaban en el Consejo de Seguridad de las Naciones Unidas.

Cuando sucedió la tragedia del 11 de septiembre, el gobierno tuvo la oportunidad de controlar a esos extremistas que habían dado asilo a los terroristas. Deseaban quitarles las Uzis, los misiles, barrer el patio trasero y vestirlos con corbata para que se tomaran la foto de su graduación en la democracia. Entre los consejeros del presidente George W. Bush ocurrió una viva discusión. Unos deseaban ir primero a partirle la cara a Irak y los otros opinaban que golpearan a

Afganistán en primer lugar. Para otoño del 2001 había numerosos argumentos en favor de éstos últimos. El responsable de los ataques a las Torres Gemelas y el Pentágono casualmente había comprado boleto sin retorno a Afganistán. Casi todo el mundo estaba de acuerdo con asestar un gran golpe de inmediato en respuesta a la tragedia. Y mientras que la comunidad internacional se encontraba atascada desde la primera guerra del Golfo con el asunto iraquí, le era fácil lograr unidad para "liberar" a Afganistán. Los rusos no solamente aprobaron la operación "Libertad Duradera", sino que la aplaudieron; les faltó poco para contratar unas hermosas moscovitas para echarles porras. Aunque tenían el sentimiento de que los estadounidenses actuaban en su propio interés, los apoyaron, pues ellos mismos temían el contagio islamista en sus fronteras meridionales.

Todo lo anterior fue lo que el capitán Potocky le contó a Elvis Infante cuando preguntó qué carajos sucedía en Afganistán al enterarse de que los mandaban con su unidad. Su jefe militar se había convertido en su nuevo "maestro". De él aprendió "la magia moderna de la comunicación". Le explicó que ellos dos eran especiales, que poseían dones, pero que sólo servían en manos conectadas a un cerebro.

—Ten una neurona más que el resto de la gente y sobrevivirás, Infante —le dijo. Desde entonces trataba de comprender lo que sucedía a su alrededor. Él mismo lo analizaba y trataba de no tragarse lo que ofrecían los noticieros de las seis. No es que se considerara un genio, pues esos usaban trajes costosos, tenían una oficina del tamaño de un portaaviones o salían en revistas abrazando cantantes de nalgas grandes. Era simplemente un sobreviviente. Siempre lo fue. Había nacido con todo en su contra, crecido entre golpes, drogas y abusos. Después del incidente en su casa que lo llevó a pasar unas vacaciones tras las rejas, se enroló al ejército por recomendaciones de Potocky en una plática que había ofrecido para buscar reclutas. Lo hizo para no terminar con una bala en la cabeza o una sobredosis en un hotel barato de East Side.

—¡Rápido! ¡Quiero saber cuántas cucarachas tiene este pedazo de mierda! —rugió el sargento Fanelli a su unidad. Los soldados se dispersaron rápidamente por todo el poblado.

Habían llegado a un cúmulo de casas que algún burócrata en tiempos del dominio soviético decidió llamar ciudad. El poblado estaba compuesto por viejas habitaciones de gruesas paredes y techos de palma. El pelotón se dispuso rápidamente por el área, inspeccionando y asegurando la zona. Algunos niños corrían tras los soldados, que se cubrían detrás de canastos para evitar un ataque sorpresa. Los críos pedían a gritos BigMacs y Snickers. Sus llamativos ojos azules y la piel morena les daban el fulgor exclusivo de poseer hambre eterna.

Elvis revisó el chaleco de su uniforme. Encontró un paquete de goma de mascar. Se lo entregó a los niños. Comenzaron a pelearse entre ellos por una pieza mientras él permanecía con su arma en la mano, recargado en la Hummer *She-Devil*. Era un simple testigo de la operación militar. Como asistente directo del capitán, poseía ciertos privilegios.

Los combatientes entraban y salían de las casuchas. Algunas mujeres los seguían con las manos extendidas pidiendo ayuda, comida o un nuevo tocadiscos. De eso se trataba esa guerra: ahuyentar la sombra de la oscuridad social. Era la hora de colocar Burguer Kings, Seven-Eleven y Gaps en ese país. De hacer que tuvieran una vida un grado más digno.

—¿Traes *vice*? —le preguntó el capitán Potocky acercándose a Infante. Observó de reojo a su jefe. De otra bolsa de su chaleco extrajo la cajetilla de cigarros. Se la ofreció completa.

—No, quédatelos. Sólo deseo uno. Estoy tratando de dejarlo —le contestó mientras tomaba sólo un cigarrillo; luego le devolvió el resto. Infante decidió no hacer su ritual para dejar de fumar: masticar y escupir. Para el capitán era sacrilegio.

—Son endemoniadamente buenos. Ustedes los *greasers* saben hacer cervezas y cigarros —le comentó el capitán a Elvis mientras fumaba con placer. Era un Alas, antigua marca de cigarros mexicanos. Venían sin filtro y con cáncer en el pulmón incluido. Eran tan sanos como un puñal en el hígado y tan sabrosos como un helado de crema. Elvis Infante de nuevo volvió su cara hacia el capitán y preguntó:

—¿Y Salma Hayek?

Hubo silencio entre la mirada de los ojos de sangre polaca y la mexicana. Fue tan largo como una ópera. Al terminar, aparecieron ambas sonrisas.

—Tienes razón. También saben hacer mujeres… —corrigió el capitán.

Su diferencia de rangos era visible en alturas. Potocky era bastante más alto que Elvis Infante. Una cabeza, exactamente. Tenía la complexión de un toro europeo. Su piel clara había aceptado tostarse por el sol de Granada, Haití y en la "Tormenta del desierto" de Kuwait. Ante la pérdida del pelo, había decidido raparse. Su cráneo era una elegante bola de billar cubierta con gorra de camuflaje. En su gesto de complacencia había una tranquilidad enfermiza. Era el tipo de persona que podría apretar el botón para comenzar la lluvia nuclear de misiles y aún así preparar pasta para la noche. La frialdad de su espíritu se reflejaba en los árticos ojos azules.

Infante regresó su vista al operativo. Los soldados continuaban revisando canastos, cajas y esqueletos de camiones rusos. Los niños persistían en pedirles regalos. Las mujeres exigían una larga lista de cosas a Marmalade, que las escuchaba atento como un Santa Claus afroamericano tomando nota de los regalos para navidad.

—La zona está limpia, señor —dijo el sargento Fanelli, mientras saludaba al capitán. Éste le dio otra fumada a su cigarro. Entrecerró sus ojos. Su gesto al torcer la boca indicó malestar. El malestar de una roca del tamaño de Texas en el zapato.

—No me gusta, sargento.

—Comprobado, no hay *terries*, señor —respondió el sargento. Era el nuevo líder de la unidad. Estaba recién desempacado de la academia. Había cursado su High School en escuelas de paga. Coleccionaba trofeos deportivos. Era tan eficiente como un auto japonés, fiel como un labrador y preciso como un francotirador soviético. Una virtud más y podría ser míster Army 2001 por votación unánime.

—¿Qué le falta a este lugar? Piense que es uno de esos juegos con dos imágenes en los que uno debe descubrir las piezas faltantes, sargento —murmuró el capitán con la colilla del cigarro en la boca. El sargento volteó.

—Sólo hay mujeres y niños, señor —balbuceó.

—Exacto. Sólo eso. ¿Y quién traerá el pollo esta noche? —respondió el capitán. Dio un paso hacia delante, y señaló el final de las casas, donde comenzaba la enorme montaña—. Los hombres están arriba. Seguramente observándonos.

El *corporal* Elvis y el sargento Fanelli voltearon. La montaña les guiñó amenazadora. Un escalofrío corrió en forma de viento, levantando paja de alrededor. Ninguno de los dos tuvo palabras para hacer un comentario. El capitán se llevó las manos a la cintura, retando la muralla de roca frente a ellos.

—¡Sargento! —le gritó Marmalade saliendo de una choza. Le seguía una mujer que lloraba detrás de su velo. Sus quejidos eran desgarradores—. Creo que debería ver esto.

—¡*Shaitan*! ¡*Shaitan*! —gritaba la mujer en un alto tono agudo.

Los tres oficiales se encaminaron rumbo al soldado. Extrañamente los niños que los seguían se quedaron atrás. Inclusive dieron un paso para retroceder.

La cabaña donde esperaba Marmalade despedía un tufo maligno de estiércol y muerte. Un rugido llegó a Elvis al acercarse unos metros a la entrada. Era un murmullo constante, como de un viejo motor eléctrico. Supo que no era nada mecánico, era animal: moscas, miles haciendo sonar sus alas en un coro. Sintió un escalofrío que punzó su espalda. Esa sensación sólo la había tenido una vez en su vida: cuando vio a su hermano por última vez.

—¿Sucede algo, *ensign*? —preguntó el capitán despojándose del cigarro y la gorra. Su calva brilló. Marmalade apretó el arma. Se veía nervioso. A ninguno le gustó esa actitud. No era común que el gigantesco soldado sudara.

—Está adentro. La mujer dice que es su hijo… —respondió sin respirar. No sólo era el hedor que alejaba a cualquiera, había algo más. Un aire tan pesado que podría rebanarse cual queso. Un queso fétido.

El capitán se introdujo a la choza tras apartar el camastro que cubría el acceso. Le siguieron sus dos oficiales. Adentro, no había signos de que el hombre hubiera dominado la Tierra. Un añejado aire de edades oscuras había secuestrado el lugar. Sólo las moscas seguían su vuelo; aleteaban el aroma a maldad. Un imposible aire gélido se aferraba al cubil totalmente oscuro. La luz de la lámpara del oficial alocó a los insectos. Un quejido resonó como eco en las almas de los soldados. Era humano. No había duda de ello. Avanzaron por el cuarto con el piso repleto de ollas rotas y excremento endurecido.

Al fondo, en una esquina, la imagen descubierta fue inquietante. Era un muchacho flaco, no más de quince años, desnudo. Cubierto de llagas; algunas sangrantes. Uñas largas y afiladas guardaban tierra. Tal vez con ellas se había infringido las heridas en su cuerpo. El chico se retorcía en el piso como si le hubieran vaciado aceite hirviendo. Gritó palabras de significados ancestrales. Su voz se distorsionaba para salir huyendo por la única puerta. El sargento Fanelli no resistió. Huyó del cuarto. Los que se quedaron pudieron escuchar cómo echaba el alimento fuera.

Elvis Infante dio un paso al frente para examinar al muchacho. Estaba fascinado y aterrado a la vez. El chico le gruñó, enseñó los dientes podridos. Elvis alumbró su cara. Las retinas estaban extendidas. Parecían dos monedas negras. De su boca salieron moscas. Demasiadas como para no sentir náuseas. Tuvo que retroceder. El muchacho comenzó a escupir un ácido gelatinoso con pedazos de pan sin deglutir y sangre. Sin limpiarse la boca, ofreció una sonrisa con el rostro deforme. Levantó su esquelético dedo, y señaló a Infante.

—*Jesús quipia on diablo itoca Beelzebú yejhuan tlayecanquetl intech nochimej on xcuajcualtin espíritus* —dijo con voz profunda y gutural. Elvis se puso blanco, transparente.

—¡Perro engreído! ¿Quieres saludar a tu padre, cerdo polaco? Está chupándomela… —exclamó otra voz proveniente del chico. Era un inglés fluido, pero femenino. Resultaba obvio que se dirigía al capitán. Para remarcarlo, el chico le lanzó un escupitajo. Cayó en el hombro del oficial. Una flema de color verdoso.

—Su madre dice que está poseído… —murmuró Marmalade. El capitán Potocky le dio un fuerte golpe en la espalda a Infante, con el que lo despertó de su engarrotamiento aterrado. Elvis volvió a respirar. Se encontró con la cara de felicidad del capitán. Parecía que había ganado la lotería o heredado la fortuna Rockefeller.

—¡Es nuestro día de suerte, *corporal* Elvis!

Se dio la orden de levantar un campamento provisional en el pueblo. Los soldados colocaron inmediatamente un centro de vacunación y comenzaron a inyectar a niños y mujeres por igual. Algunas gritaban como si les hubieran disparado en el brazo. Los militares no se doblegaban ante los alaridos. Sabían que era el mejor teatro que se podía encontrar en esos rumbos. Cero culpa. Al contrario, con esa medida erradicarían varias enfermedades que los libros de texto decían que no existían ya en el mundo, pero que en la vida real se aferraban a las clases desprotegidas.

Dos grandes tiendas de campaña fueron colocadas mirando de frente la enorme cordillera que los vigilaba. Los Hummer se estacionaron en línea, como en el *parking* de una boda de actores de cine. Todo este trabajo se hizo al ritmo de Tom Jones, que cantaba sus éxitos desde las potentes bocinas del transporte She-Devil. Era idea del capitán Potocky. Tan sólo les explicaba que no se podía estar en contra de lo que Tom Jones dijera.

Al lado de la tienda, el Rockie Ballard jugaba con un Gameboy mientras coreaba desafinado a Tom Jones. Siempre decía que algún día sería un cantante famoso. Todos lo dudaban. Adentro de la tienda de campaña decoraron una mesa e instalaron una computadora portátil. Detrás de ésta, el capitán Potocky tecleaba varios mensajes para mandarlos por internet. Informaba que la base "*She-Devil* 5" había sido instalada. También preguntaba los resultados del juego de Atlanta contra Chicago. Firmó con su nombre y lo lanzó al espacio cibernético. La computadora tardó un par de minutos en mandarlo. El celular que proveía la línea era tecnología cara, pesada y elitista. Sólo el ejército norteamericano presumía que la tenía. Era mentira. Se podía conseguir en China, Marruecos o México, en el mercado negro. Inclusive regalaban unos chocolates rusos en la compra de un equipo.

—Necesito que prepares a tu gente, Infante. Tengo información de que hay algo en esa montaña. Los soviéticos encontraron un caribú hace veinte años. Yo quiero uno igual —le gritó el capitán mientras el CD que amenizaba al pueblo había saltado a Tom Jones cantando *It's Not Unusual*.

—Sus deseos son órdenes, amo —respondió en un tono automático. Sin la chispa chicana—. ¿No esperamos a la caballería? Si encontramos algo grande, necesitaremos más que un par de rifles.

—Confío plenamente en ti. Sondea la zona. Veamos si esas montañas tienen algo qué ofrecernos aparte de pastores con Uzis.

El capitán salió de la tienda. Elvis lo siguió en silencio. Ambos se quedaron mirando la gran montaña. Parecía un león agazapado a punto de saltarles. Tom Jones les dijo desde la bocina: "It's not unusual to have fun with anyone".

—Viste algo en esa choza, Infante —dijo el capitán. No era pregunta.

—Sí… Él dijo cosas que había oído en…

—No es nada —lo cortó de tajo. Lo señalaba con el dedo como un padre que reprime a su hijo por hacerse pipí en la cama—. Son ecos. También me dijo cosas a mí. Nos estaban tentando. Saben que los vamos a coger. No te dejes engañar por lo que ves y escuchas. El terror se mete por los orificios del cuerpo. En especial los ojos y las orejas —le explicó seriamente el calvo. Pasó su mano por la cabeza, como si despejara el polvo. La gorra volvió a cubrir el cráneo rasurado. Una sonrisa pícara iluminó el rostro polaco. Su transporte le daba la razón a través de Tom Jones: "You find it happens all the time".

—También en la cárcel —respondió como niño reprimido Elvis. La sonrisa de su capitán no se desvaneció. Tom Jones tampoco dejó de cantar.

—Concéntrate en lo que haces. Tu pasado déjalo enterrado. Tu cuñada me corta los huevos si te regreso en pedazos a East Side. Los dos sabemos que Lupita es capaz de hacerlo.

—Tómelo como un hecho, señor —respondió Elvis. Quizás lo que más admiraba de su capitán era la ausencia de explicaciones. Si uno vivía la vida a su lado, no había que aclarar nada.

—Necesitamos uno bueno. Algo que se pueda presumir en El Hoyo para la fiesta en año nuevo —masticó sus pensamientos en voz alta el capitán. Elvis lo avispó de reojo.

—¿Año nuevo?

—Vamos a ir a El Hoyo. Quiero que conozcas a ese ruso comemierda, el general Ivanof Lethaniff.

—¿Voy a ir con usted? ¿Podré comprarme un traje Hugo Boss? —preguntó con una sonrisa Elvis. Promoción de rango y estatus.

El capitán no le pudo responder. Una detonación seca viajó por el valle. Rebotó varias veces entre las rocas, formando un eco seco y polvoriento. Le acompañó una segunda. Un soldado que trabajaba colocando la tienda cayó al suelo. La arena se humedeció con su fluído vital carmesí. Tenía una perforación en el cuello. Se convulsionaba en sus últimos segundos de vida. Una nueva marca a los caídos en la invasión a Afganistán. Tom Jones cantaba en su honor *I Couldn't say good bye*.

—¡Francotirador! —gritaron los soldados. Corrieron a protegerse. Para cuando el eco del disparo se silenció, no se veía a nadie en el pueblo. Todos permanecían escondidos. Quedaba sólo el soldado tirado.

—¡Informe, sargento! —gritó el capitán con los dientes apretados.

—¡Rifle AK47! ¡Son como siete *terries*! No más de doscientos metros —respondió el oficial, dando órdenes con la mano derecha. Un grupo de soldados se fue agrupando, como defensas de futbol. Un tercer disparó repicó. La nubecilla de polvo se levantó a menos de un metro del sargento. Contrajo su nariz esquivando el disparo. Se acomodó el casco y los lentes binoculares. Con ellos buscó en las faldas de la gran roca. El resto de sus soldados disparaba sus armas a todo lo que pareciera terrorista. Desde una roca hasta un chivo.

—¿Tiene ubicado el objetivo, sargento, o pasamos al bar para tomar unas copas mientras esperamos la mesa? —le gritó su capitán. Lo hizo a todo pulmón. Seguramente el francotirador lo escuchó.

El sargento sólo veía grises y manchas verde oscuro alrededor. En esas montañas se habían olvidado del color. Un coche soviético era más llamativo. La gran masa gris por fin rindió fruto: un brillo. Era un reflejo entre dos piedras seguido de un movimiento extraño. Pero la sorpresa fue mayor. Como si todos los que miraban al enemigo se hubieran topado con un par de dinosaurios fornicando en una cama, descubrieron la cara de un hombre asomándose entre las piedras. Era pelirrojo, con una enorme barba hippie, lentes robados de la tumba de John Lenon y camiseta roída que decía *Star Wars*.

De afgano no tenía nada. Era más probable que fuera el hermano perdido de los integrantes del grupo ZZ Top.

—A las cinco y cuarto. Un *terry,* parece ser importado —explicó Fanelli. Elvis se colocó los prismáticos. Logró ver cómo se escondían los hombres de turbante. Sólo podía divisar una mano o un pedazo de tela. Pero, al contrario de los locales, era increíble la desfachatez del pelirrojo. No sólo era su camiseta *vintage* de color amarillo lo que lo hacía resaltar como una mosca en buffet costoso, sino que se había parado en la roca, pantalones abajo, y orinaba en círculos.

—Ese cabrón tiene huevos —murmuró el capitán a su lado. Elvis volteó a verle la cara. Canturreaba con Tom Jones *She is a lady.* Sacó su pistola Beretta 9 mm y, sin importarle el cruce de fuego, salió cantando a todo pulmón mientras disparaba contra los francotiradores. Su capitán era todo un personaje.

El calvo danzaba al ritmo de la canción, dando órdenes a sus soldados. Hasta que una bala le partió la punta de la bota. El agujero dejó ver un dedo gordo herido. Bajó su cabeza sin perder el compás de Tom Jones. Tras comprobar que era su sangre la que emanaba de su bota, alzó la cara. Levantó la pistola y disparó sin apuntar. Elvis pudo ver cómo le daba al pelirrojo en el hombro. No entendió la manera en que lo logró.

El capitán Potocky quitó la diversión del rostro y con fuerza ordenó:

—Vuélenlos.

Marmalade comenzó a dar órdenes. Un par de sus muchachos se colocó detrás de unas llantas carbonizadas. Los disparos desde la montaña continuaban. Ninguno parecía atinar a un objeto. Era un goteo metálico, una llovizna de balas.

Los muchachos de Marmalade estaban listos. Habían desempacado una lindura de juguete: un lanza-misiles tierra-aire Javelin, con motor doble de dos etapas y combustible sólido suficiente para alcanzar hasta seis kilómetros. No poseía diseño atractivo, y el color dejaba mucho que desear en originalidad, pero era un juguete bastante popular, tan efectivo que hacía honor a su eslogan: *Fire and forget.*

Mantuvieron el lanza-proyectiles apuntando al blanco. Siguieron las instrucciones aprendidas de memoria: "Retire la tapa del seguro, apriete el interruptor, apunte, el motor de la primera etapa se enciende y su misil está listo para la acción".

El zumbido del segundo motor parecía fuego artificial del 4 de julio. Enfocaron el blanco en la cuadrícula y dejaron que la tecnología inglesa hiciera el resto. El misil salió echando un alarido. Dejó una inconsistente línea blanca de humo en el cielo. Para cuando explotó entre las rocas, la línea se fue desvaneciendo como si la montaña se hubiera enfilado una línea de cocaína. Minutos después seguían cayendo pedazos de roca. Elvis esperó ver trozos de la camiseta amarilla de *Star Wars*, pero no llovieron.

—Blanco derribado, capitán —informó el sargento y Tom Jones terminó su canción diciendo también: "Yeah yeah, she's a lady. And the lady is mine".

—Ahora vayan y limpien su mugrero. Si hay restos de comida, tírenlos a la basura. Seamos educados con nuestros anfitriones —gritó el capitán, quien cojeó hacia su tienda. Elvis alzó su ceja, como cuestionando a su superior. No necesariamente esa explosión había terminado con los francotiradores. A lo mejor habían tenido tiempo de huir y ya estaban tomando té de menta en un harén. El exceso de confianza de su superior era más aterrador que las balas enemigas.

—Levántate, Infante. Ve con el grupo. No quiero heroísmo barato —le ordenaron. Él no se quejó. Tomó su cruz de plata del pecho. Se persignó y apretó su arma para conseguir el valor de la adrenalina. Salió corriendo con el equipo que se dirigía hacia la montaña. Detrás de él, sus dos hombres: Billy y Héctor. Eran como perritos falderos siguiendo a su amo. Le dieron ganas de darle a cada uno una croqueta.

Al voltear al pueblo, vio cómo Marmalade le cerraba el ojo y levantaba un pulgar. Traducción: "No te preocupes, te estoy cuidando las nalgas para que no te lleven al infierno". Elvis no pudo sonreír. Tenía miedo.

El pelotón llegó a unos metros del cúmulo de rocas que antes de la explosión sirvieron para proteger a los atacantes. Elvis se había colado al frente. Billy y Héctor le guardaban cada paso. El resto era parte del grupo del sargento Fanelli. Lo mejor de lo mejor. Napoleón hubiera deseado soldados así. Con ellos habría ganado Europa en medio día.

—Señor, hay una entrada a una caverna, al fondo —señaló uno de ellos. El cabo se encaminó hacia donde le indicaban. Era una boca labrada entre el granito.

—Creo que encontramos al primero —le dijo a Elvis su compañero Billy. Levantó un brazo sucio, aún sangrante. Seguía sosteniendo un viejo rifle 22. Billy sonrío como un chiquillo que hiciera una travesura, al preguntar:

—¿Quiere que lo interrogue?

Le quitó el rifle y levantó el dedo medio para hacer una señal obscena. Héctor rio a su lado.

—Dice que *Fuck up* — remató Billy. Algunas risas se escucharon a sus espaldas. Elvis confirmó que estaba rodeado de estudiantes que jugaban a la guerra. Era la herencia de horas de juego detrás de un Playstation.

Los soldados seguían peinando la zona de la explosión. No había nada que pudiera considerarse vivo. Ni una lagartija. El misil había dejado un boquete del tamaño de una letrina para gigantes en la tierra. Arrancó algunos árboles de su raíz. Los pedazos aparecían semienterrados junto con extremidades humanas.

—Estos vatos son de Al-Qaeda, salúdenlos —exclamó Elvis con las manos en la cintura. Su pelotón levantó las manos y, como un dantesco programa de Plaza Sésamo filmado en locaciones de la locura, dijeron al unísono:

—Buenos días, señores talibanes.

—Ahora cuenten manos y pies para saber cuántos había. El que se deje matar, paga las cervezas hoy en la noche... —gruñó Elvis extrayendo otro de sus cigarros para de inmediato comenzar a masticarlo como si fuera chicle. Su equipo, cual hormigas trabajadoras, se esparció por la zona, dando en clave aspectos de lo que veían.

Elvis se detuvo frente a la entrada a la cueva. Parte de ésta se encontraba tapada por rocas y tierra, debido a la explosión. La examinó con detenimiento, en especial en la parte superior. Del acceso quedaba un boquete entre los escombros de la explosión. Dejaba escapar un tufo a humedad y guano de murciélago.

El cabo escupió su cigarro triturado para no dejarse pedazos de tabaco en la boca. Tomó de su mochila una granada de gas y sacó su máscara. Al mismo tiempo que la arrojaba por el hueco, gritó al resto de su equipo:

—¡Máscaras! ¡Voy a echarme un pedo!

La granada de gas explotó con un sonido hueco. La flatulencia empezó a llegar hasta el pueblo. Elvis se había protegido detrás de una roca. Acomodaba su equipo en la mochila mientras el resto de los soldados esperaba a ver si salía algo de la caverna.

Supuso que así fue. No volteó cuando escuchó la tos con voz lastimosa emergiendo de la cueva. Fue seguida de un par de disparos. Las voces se repitieron varias veces, al igual que los disparos. Billy y Héctor se colocaron frente a él.

—¿Están listos? —cuestionó. Billy sonrió. Héctor gruñó. Era lo más cercano a un sí. Prendió su comunicador—.Voy a entrar, capitán.

—Infante, si se te ocurre morirte no vengas a molestar... —respondió el superior. No se necesitó el radio. Retumbó con eco por todo el valle.

—Sólo los domingos y días festivos —remató Elvis. Cerró su comunicador. Ajustó la mochila. Prendió su lámpara para meterse por el boquete de la caverna. Al lado de ésta, tres cuerpos de talibanes muertos. Los habían rematado en la cara. Uno aún sujetaba una granada en la mano.

—¿Vieron más *terries*? —soltó alumbrando la garganta de la tierra. Un soldado que registraba a los muertos informó:

—Huyeron para adentro, señor. Tenga cuidado.

Elvis se colocó la máscara de gas. Lanzó un beso al aire antes de desaparecer en el túnel ordenando:

—Que me siga un grupo.

Billy y Héctor de inmediato lo siguieron. Un puñado de soldados cerró la columna.

Billy hizo una señal a su compañero para que viera la parte superior de la caverna. Héctor la observó, inquieto, antes de meterse. Ninguno de los que los siguieron divisó las palabras con letras negras labradas en la roca que enmarcaba la entrada.

En el pueblo, el CD de Tom Jones volvía a comenzar.

Los hombres caminaron por la caverna. El cabo Elvis Infante sopesaba las posibilidades de la locura de tratar de llegar al fondo de la cueva, donde encontraría las guaridas de los talibanes o algo mayor. Miró a sus hombres, que aparentaban una buena disposición. No estaban exhaustos ni mal provistos como en Somalia, donde había vivido un gran desastre que deseaba olvidar. Recordó todo lo que había visto con el capitán, y retomó el camino.

Llegaron a un punto donde la cueva se ensanchaba. A sus espaldas, los trabajos de remoción de escombros habían comenzado. Abriendo de mayor tamaño el boquete, entró un gigante haz de luz que trataba de sumergirse en la oscuridad. Un olor fétido se espesaba, mezclado con ráfagas de aire gélido, aleteos nerviosos de murciélagos invisibles y el murmullo lejano de insectos. El salón crecía como una boca abierta donde las estalactitas y estalagmitas eran una dentadura con necesidad de un aparato odontológico.

Cuando Elvis Infante encontró en el suelo un tenis Converse de color rojo, confirmó que iban por buen camino. Supo que era del pelirrojo.

—¿Qué decían esas palabras en la entrada, cabo? —preguntó Bill en un susurro, como si algún observador escondido en las sombras pudiese oírlo.

—*Lasciate ogne speranza, voi ch'intrate.*

—¿Es italiano?

—Supongo.

—¿Se lo dijo el capitán?

—No, lo leí en mi clase de catecismo con el padre Padilla. Es el canto tercero de *La Divina Comedia* —respondió encaminándose con su rifle M16 al frente, mientras apuntaba con su luz incorporada. El haz de la lámpara era engullida con glotonería por las tinieblas. Sus hombres lo siguieron.

Entre más avanzaban, iban dejando atrás el sonido de los soldados que apaleaban la entrada. Su camino prosiguió sin encontrar signos de vida, salvo los murciélagos e insectos albinos que se arrastraban por el piso.

—¡Aquí hay alguien! —gritaron a sus espaldas. Elvis volteó hacia donde provenía la voz: en un extremo, recargadas en una roca, un par de mujeres vestidas en velos de la región. Una cargaba un niño en brazos. Apenas lo vio, supo que no le gustaba nada esa imagen. No pudo decirlo. El soldado ya les apuntaba con su M16, y les pedía que se agacharan.

Las mujeres no se movieron. Eran cadáveres, vestidos y plantados. El niño estaba comido por roedores que huyeron al ser alumbrados. Cayó de los brazos del cuerpo que lo sostenía, con un golpe seco de cartón, seguido por un sonido metálico que le recordó el botón de encendido de algunos aparatos eléctricos. El militar dio un paso hacia atrás, para decir:

—¡Dios, están muertas! —fue lo último que dijo en su vida. No comprendió que también él lo estaría en un segundo.

La explosión lanzó a todos varios metros hacia la caverna. El fuego voló hacia el lado contrario en busca del oxígeno. El rugido fue el de un enorme dragón que despierta. Quedó rebotando en las paredes por varios minutos.

Elvis sintió que algo lo golpeaba. Pensó que eran rocas. Cuando dejaron de retumbarle los oídos y el polvo empezó a dispersarse, se encontró con que Héctor y otro soldado le habían caído encima. Estaban maltrechos, pero habían sobrevivido. El grupo se hallaba, por fortuna, lejos del descuidado combatiente. La trampa se había diseñado para explotar con el puntero. Había sido una suerte que Elvis no cayera en ella. Maldijo por la estupidez del comando, hasta agotar todas las groserías que conocía en inglés y español.

La capa de polvo siguió flotando por la oscuridad. Las luces de las lámparas trataban de abrirse paso. Tosidos y quejidos. No había ningún lamento.

—¡Informe de situación! —ordenó Infante, que ayudó a sus compañeros a levantarse. Frente a ellos, Billy y otros dos soldados se sacudían el escombro. Héctor revisó el derrumbe creado por el estallido. Había logrado casi cerrar el acceso con rocas.

—Diableros 1 y 4 estamos bien —se escuchó.

—Somos diableros 7 y 5, señor —dijo Héctor. Infante logró por fin ver lo que quedaba de su equipo: él, sus dos ayudantes, y tres soldados.

—Diablero 7, quédese a esperar refuerzos. Busque sobrevivientes. Diablero 5, sígame. Vamos a cazar *terries* —ordenó Elvis mientras aseguraba sus cosas y avanzaba—. Se siente una corriente. Este túnel está conectado a sistemas de aire, no tardaremos en encontrar a esos jijos-de-puta para hacerlos tragarse sus testículos.

—¿Seguimos usando las máscaras? —preguntó Héctor, preocupado por los desechos de murciélago. Elvis sintió un increíble aire fresco que golpeó su cara, proveniente del fondo. Éste le había servido para no perderse entre el laberinto del túnel que se bifurcaba. Se habían internado casi dos horas de camino. Desconocía a cuanto equivale eso en distancia, pero estaba seguro de que era uno de los *hazes* más grandes del país.

—No es necesario, hay aire fresco —explicó al quitarse la careta. Señaló la parte superior de la cueva. En ella dormitaba un puñado de murciélagos, que voló al sentir el haz de luz—. Esos cabrones no se internan más en la cueva. Parece como si tuvieran miedo.

El grupo se detuvo. Llegó a otra división del túnel, donde descubrió un murmullo entre las tinieblas. Era el dulce y adormecedor sonido que usan para relajar en los *spas*: el ruido de agua corriendo.

—Hay una corriente interna. Debe cruzar el valle. Es el agua que alimenta los pozos de la aldea.

Se adelantó por el camino donde venía el ronroneo. La senda torcía hacia la derecha, donde se ensanchaba al paso. En la pared de granito habían esculpido un bajorrelieve. El portal era un intento de igualar las construcciones persas. Una ridícula copia. Como si la hubiera hecho un niño. Tenía unas salientes donde había candelas derretidas. Miles de ellas. La cera se confundía con la roca. El relieve era incomprensible. Rastros de la primitiva religión zoroástrica . Símbolos borrados por la evolución del hombre.

Elvis inspeccionó el arco igual que si fuera un sabueso olisqueando el rastro de su presa. Ese olor le hacía pensar que en aquel camino no estaban los guerreros talibanes. Olía a azufre mezclado con hollín y arcano.

—Señor, venga… —murmuró Billy a sus espaldas. Más allá del portal de la entrada se mostraba un cuarto hexagonal. Éste se extendía como una gran catacumba. Una iglesia monumental labrada en roca. Todo decorado con relieves y antiquísimas antorchas clavadas en las paredes. La imagen era excitante, admirable, pero nada comparado a la cantidad de cuerpos regados que guardaba telarañas e insectos. Momificados por el clima de la región, mostraban una mueca toda sonrisa en la carne acartonada.

Elvis los inspeccionó. El primer cadáver seguramente bebía té a las cinco mientras estuvo vivo. Portaba el inconfundible traje militar inglés color rojo de los lanceros. Las horas de acicalamiento de ese soldado habían servido: su cinta blanca que cruzaba el pecho aún brillaba. Nadie podía dudar que hubiese sido cuidadoso con su ropa. Sus botas altas seguían bien sustentadas al piso, mientras que el resto del cuerpo se doblaba entre las rocas. La mano derecha no soltaba el mosquete. Podría entonar en cualquier momento *God Save the Queen*.

Elvis también lo olfateó. Olía a carne seca, rancia. Tomó la insignia del regimiento de rifleros del 45th, que colgaba de la ropa. Se desgarró como polvo. Encontró que la otra mano tenía un viejo libro encuadernado en cuero. También se lo arrebató sin hallar resistencia. Lo abrió en la primera página y leyó el título en un murmullo:

—*Malleus Maleficarum*...

Comenzó a hojearlo. Notó que, al final, el muerto había escrito una frase. No le gustó leer sus palabras temblorosas, pues sonaban con ecos de profecía: "¡Líbranos, Señor, del veneno de una cobra, de los colmillos de un tigre, y de la venganza de un afgano!".

Dio un paso hacia atrás. Se topó con más cuerpos con el mismo uniforme. Dos permanecían en un macabro abrazo, como si se consolaran para toda la eternidad. Muchos más estaban apilados cual costales. Eran los restos del fracasado sueño imperial británico en el siglo XIX.

Revisó con detenimiento cada cadáver. Se sorprendió al encontrar uno que resaltaba. Se veía más gastado, su ropa casi había desaparecido. Sólo le quedaban pieles rústicas. Un sable oxidado y un escudo apolillado seguían intentando detener lo que mató a su portador. El casco tenía cuernos de toro. Era inconfundiblemente huno. Importado por Genghis Khan.

—Éstos parecen rusos —señaló un soldado a un grupo de cabezas con cascos. Más de una docena. No había rastros del resto del cuerpo.

—Soviéticos —le corrigió Elvis, mirando su carne estirada en una mueca de horror. Tenían la boca abierta, ésta servía de hogar para ciempiés y otros insectos.

Elvis no podía esconder su sorpresa por el fúnebre descubrimiento. Era extraño que hubieran muerto todos en ese cuarto de la caverna. Le sonaba más lógico que hubieran sido llevados ahí como un aviso. Una clara señal de "Prohibido el acceso".

Los soldados norteamericanos saltaron al oír un gemido. El cabo Infante apuntó su rifle hacia las tinieblas, tras colocar su visor de vista nocturna. Hubo otro quejido. Los militares se prepararon a recibir al enemigo. Entre la oscuridad apareció algo amarillo. Aunque sucia y manchada de sangre, se podía leer *Star Wars*; el portador de la camiseta era el pelirrojo. Levantó la mano saludable en son de rendirse. El hombro derecho estaba malherido. En su cara había lágrimas revueltas con polvo.

—¡*Freeze!* —le ordenaron. El hombre se detuvo a unos metros de las carabinas M16 que le apuntaban a la vez. Era delgado. Con una ridícula bermuda de mezclilla, que aun en la playa se vería fuera de lugar. Su barba era más grande que la cara. Competía con su pelo en alcanzar el suelo. Temblaba por el dolor.

—Soy ciudadano canadiense. Pido que llamen a mi embajada.

Elvis nunca creyó escuchar algo así. Imaginó que podría ser parte de un mal programa cómico y que se oirían las carcajadas del público. No las hubo. Todo era real. Sus soldados controlaron al canadiense. Lo esculcaron, amarraron y sentaron. A su lado, un inglés seguía gritando con el rostro momificado.

—Limpio, señor. Sólo lleva esto —le dijo uno de sus comandos, al arrojarle una libreta desgastada. Elvis la recibió en el aire. La revisó pasando las hojas rápidamente como si hojeara una revista en un aeropuerto para hacer tiempo. Por alguna extraña razón no sintió escalofrío al encontrar en ella símbolos y pases propios de los diableros. Una página tenía el símbolo cabalístico del demonio Belial. En otra, los trazos demoniacos de Azazel. Casi al final, el *Vade retro Satana*, escrito con fina letra, que se le antojó demasiado femenina. Guardó el libro. Se acercó al hombre, que no cesaba de quejarse por el dolor. Detrás de la mugre había una piel blanca maltratada por el sol y la falta de higiene. Los ojos no ocultaban una edad de treinta años.

—Usted está colaborando con agentes de Al-Qaeda, enemigos del pueblo norteamericano. Temo decirle que aunque nos encontráramos en pleno Times Square, de todas maneras lo mandaría a la mierda si me pide hablar con su embajada. No vuelva a hacerlo. Evíteme que le diga una grosería, señor…

—Clément, Jordan Clément. Yo estoy con los oscuros, no con los pastores —dijo el hombre. Podría haber sido un tono normal. Una frase suelta. Pero sus movimientos nerviosos, su tic en el ojo, que lo hacía parpadear compulsivamente, así como la baba, fueron la primera impresión que tuvo Elvis de ese hombre, que estaba totalmente loco.

—Míster Clément, le propondré un trato. Los dos venimos de países hermanos. Me gusta la serie *Friends*, supongo que a los hojas de maple también. Disfruto de las hamburguesas, al igual que los canadienses; ellos oyen a Bryan Adams, y yo opino que es una basura… Pero el caso es que nos entendemos. ¿Comprendes, vato?

El canadiense no se movió. Simplemente pestañeó. Podía haber entendido la perorata que le había soltado, o se encontraba jugando ping-pong en su cerebro, con elefantes rosas. Los ojos no demostraban ninguno de los dos casos.

—Yo hago tres preguntas. Podrás sacar un premio si aciertas.

—¿Un juego? —preguntó con una tonta sonrisa. Los soldados habían logrado prender las antorchas. El salón se iluminó y mostró más grabados en el techo.

—Así es, como el jockey. ¿Ése es su deporte nacional, verdad? Bien, si ganas te saco de aquí, te curo esa herida y vas a que los de Inteligencia te saquen información por el culo.

—¿Y si pierdo?

Elvis se movió como gato. Su mano se fue a la entrepierna, agarró sus testículos a través de los bermudas de mezclilla. Apretó tanto que uno se le escapó entre los dedos, pero aún así fue suficiente para hacer gritar al pelirrojo.

—Entonces te cortó los huevos, cabrón —le murmuró en español. El canadiense pareció entenderle. Movió la cabeza.

—¿Dónde están los *terries*? Los afganos...

—Ellos nunca vienen a esta sala. Están en el búnker del otro lado.

—¿Cuántos son? ¿Están armados?

—Como diez. Tienen rifles y *machine guns*. No sé... Sólo me dejan estar con ellos para comer.

—¿Dónde estamos?

—En la sala de espera al infierno. Por eso ellos nunca cruzan la puerta. Sólo traen cabras como ofrendas para pedirles protección...

—¿A quiénes? —cuestionó Elvis seriamente. El prisionero comenzó a dibujar una sonrisa estúpida. Cada uno de sus podridos dientes se burlaba de los americanos. Cuando los soldados se miraban las caras sin saber qué hacer, llegó el murmullo de la música, contestando cualquier pregunta.

Al principio fue solamente un silbido que resonó en sus oídos. Creció en intensidad. No había duda de que era música. Extraña, pero música a fin de cuentas. Era el aullido de los lobos, con las olas reventando en una tormenta; el sonido que hacen los cables de los postes de teléfono en las carreteras desiertas; el ritmo de los dientes al castañear; y el aire gélido silbando entre las tumbas.

—"Mas el macho cabrío, sobre el cual cayere la suerte por Azazel, lo presentará vivo delante de Jehová, para hacer la reconciliación sobre él, para enviarlo a Azazel al desierto..." —rezó Clément con los ojos a punto de salirse. La música lo había puesto en estado de excitación. Elvis sintió que entre sus dedos que apretaban el miembro, el loco empezaba a tener una erección. Lo soltó. Se restregó la mano en el pantalón. No pudo quitarse la sensación de suciedad.

Se encaminaron al fin del cuarto, a la otra puerta que desembocaba a una gran área abierta. Del otro lado del portal había una playa de arena negra. Más al fondo un caudal de donde provenía el murmullo que escucharon al entrar. Parecía agua, ácido, leche agria y bilis. Los colores y olores se entremezclaban en una orgía líquida. Un imposible fulgor emanaba de sus corrientes. Del otro lado de la orilla, una procesión.

Pensaron que era un carnaval marchando entre una fodonga neblina. Un desfile circense en medio de los intestinos del planeta; por más alocado que sonara algo así. Los punteros parecían llevar disfraces o zancos que los hacían ver mucho más altos que un hombre. El grupo no tenía orden ni forma. Los integrantes del espectáculo semejaban, al caminar, un panal relleno de serpientes. Danzaban una pantomima de baile. Movimientos dignos de un borracho. Se retorcían en el suelo, saltando y alzando sus alas mientras escupían líquidos que podrían venir de sus miembros sexuales o sus bocas. En medio del grupo, levantado por pinzas, alas, lenguas, dientes y tentáculos, un ser enorme, oscuro. Sobresalían sus ojos fríos y brillantes. Lejanamente animales, pero tan humanos que provocaban inquietud.

Todos eran monstruos que superaban cualquier locura de una pesadilla. Al darse cuenta de que su fiesta fue intervenida, voltearon hacia los soldados americanos. Dieron silbidos y gruñidos señalando a los intrusos. Elvis entendió lo que les había sucedido a los soldados muertos. Los afganos los llevaron a una trampa: a las entrañas del infierno.

Uno de los soldados comenzó a disparar su arma. Las balas silbaron retumbando con el eco. Ninguna pareció afectar a las pesadillas. Uno de ellos, con garras y músculos descubiertos, se separó del grupo. Aporreó el riachuelo en dirección a los soldados. Las balas se dirigieron a la cosa, perforando su brillante carne roja pero sin que pudieran detener la locura que se les acercaba. Entre más se aproximaba, lograban verlo con mayor claridad. Notaron las palmas dentadas, la doble boca, los músculos descubiertos y su miembro viril rebotando en el suelo por su longitud.

La criatura saltó sobre el soldado. Los dientes comenzaron a roer metal, huesos y ropa. No hubo ni un quejido de despedida, sólo un gran crujido.

—¡Retirada! —logró ordenar Elvis, despertando de la fascinación del espectáculo de la muerte de su compañero.

Los soldados de inmediato comenzaron a correr en dirección al templo, retrocediendo sobre sus pasos. Héctor jaloneaba al prisionero canadiense que no cesaba de cantar, en un intento por igualar la música del desfile. En su paso por el salón hexagonal, dispersaron los cadáveres mientras pasaban sobre ellos como una estampida.

Continuaron por entre la oscuridad de la caverna, moviendo los haces de luz para evitar golpearse con una piedra, o caerse. Tratando de dejar atrás la visión de la locura, sus corazones saltaban en el pecho entre la despavorida carrera.

Siguieron en la negrura por algún tiempo, escucharon sus pasos con eco, hasta que al dar la vuelta en uno de los túneles se toparon con otro salón. Éste en cambio estaba iluminado con lámparas eléctricas. Había en todo lo ancho máquinas de aire acondicionado último modelo. El piso, adornado con tapetes persas. En la pared habían colgado planos de la zona y un póster de la película *Rocky*. En una esquina, cajas de madera y cartón perfectamente apiladas, portaban varias leyendas de las marcas de productos que contenían. Corn Flakes, Nestlé, o el letrero diplomático de *Rossiyskaya Federatsiya*.

El espacio estaba tan bien equipado, como un departamento en tiempo compartido de Miami: refrigerador, estufa, alacena, lavadora y sala. Algunos camastros al fondo. En ellos, una docena de hombres con turbantes veían una película en un gran televisor de pantalla plana. Era *Grease*. Una versión doblada al árabe.

Los americanos y los guerrilleros de Al-Qaeda se quedaron congelados por la sorpresa, y se miraron por una eternidad. Podrían haber ido a comprar golosinas, si fuera el intermedio en un teatro, y regresar aún con tiempo. Uno de los hombres de turbantes levantó la mano. Tenía una Glock 17. Gritó algo en árabe, que podría haber sido "Alá está conmigo", o bien una grosería altisonante. Disparó su pistola varias veces. Uno de los soldados americanos giró sobre sí mismo y cayó al suelo entre las alfombras persas. Una bala le destrozó la mandíbula. Fue la señal para que comenzara el intercambio de disparos. Los guerrilleros voltearon las camas para protegerse, mientras que los americanos se cubrían detrás del refrigerador, la estufa y las cajas.

Entre las maldiciones y los tiros lograron un caos perfecto por varios minutos. Sucumbió cuando un tentáculo entró como ariete medieval al cuarto y se injertó en la boca de uno de los talibanes, cual lanza. El miembro continuó su camino, hasta traspasar el cuerpo, partiéndolo en dos.

En un suspiro, todos dejaron de disparar para voltear a ver la locura que estaba entrando al búnker: los tentáculos iban al frente, palmando cada cosa como un ciego que reconoce el cuarto. Las bocas le siguieron. Algunas estaban sobre otras, haciendo que los pliegues de la carne se movieran como olas. No había piernas.

El de la Glock tomó una ametralladora Valmet KvKK 62. Comenzó a orar en su idioma. Al mismo tiempo disparaba el arma. Los mil disparos por minuto, que seguramente presumiría un comerciante de armas en su discurso de venta para esa máquina, destruyeron todo a su paso. Incluyendo americanos, afganos, refrigeradores, cajas, la pantalla plana y tentáculos. El demonio no retrocedió. Se molestó más.

Elvis no se quedó a esperar el final. Tomó al canadiense de su camiseta y se escabulló por un hueco que dejó el demonio al tratar de alcanzar a su atacante. Sus ayudantes, Héctor y Billy, lo siguieron. Milagrosamente habían quedado vivos, aunque a Billy le habían volado dos dedos de la mano.

Mientras corrían, alejándose del búnker de los guerrilleros, los gritos y los disparos continuaron resonando en sus oídos hasta que fueron disolviéndose en su ascenso por la cueva rumbo a la salida.

Después de varios minutos, Elvis se detuvo. Sentía que sus pulmones estaban a punto de reventar. Eso le hizo recordar la razón por la que estaba tratando de dejar de fumar. Pensó cuánto tiempo había corrido. ¿Diez minutos?, ¿sólo dos? La oscuridad consumía la noción del tiempo.

—No debemos estar lejos de la entrada… —murmuró recargándose en una roca.

—Están molestos. Mandarán por nosotros. Se han encarnado... —balbuceó el prisionero canadiense. Elvis lo tomó de la camiseta amarilla. Lo agitó como a un saco de basura.

—¿Éste es el infierno?

—No, es una de sus entradas. Para el cielo sólo hay un camino. Hacia el infierno hay miles. Muchas maneras de llegar... la gruta de Toscana, la caverna de los pericos... —informó Jordan Clément. Luego volteó hacia las tinieblas, y murmuró complacido—: Nos ha encontrado.

—*¡Fuck!* ¡Usemos una caja rústica de san Irineo! ¡Preparen las ofrendas! —gruñó Elvis, desesperado. El canadiense trató de cantar la música pesadillesca de la procesión. Al ver que estaba llamando a los seres, Infante lo golpeó con la culata de su arma. El pelirrojo se desplomó inconsciente, y dejó un rastro de sangre en el piso.

Los ayudantes de Elvis comenzaron a trabajar enseguida; mientras Billy se quitaba el pesado uniforme militar, cinturones y equipo, Héctor preparó las abundantes ofrendas de alcohol, dulces y comida que extraían de una de las mochilas. Elvis rompió varias cápsulas luminosas que regó a su alrededor. Se dispuso en cuatro patas para dibujar tres grandes círculos rituales con una tiza blanca que guardaba en su lonchera metálica del juguete G. I. Joe. Cada círculo con distintas estrellas al centro. Todos medían unos 2.5 metros de diámetro y estaban colocados a varios pasos uno del otro en línea recta.

Una lata Campbell's, un paquete de galletas Oreo, algunos chocolates europeos y un vodka ruso se acomodaron en el tercer círculo como en un picnic inocente. Era la ofrenda al diablo. Héctor sacó un vaso metálico. Se cortó la yema del dedo y dejó caer la sangre en éste. De inmediato comenzaron a salir insectos y gusanos de los orificios de las paredes, los cuales se acercaron al festín servido. En menos de un minuto se llenaron de bichos todas las ofrendas.

—Apúrense, lo están probando... —les dijo Billy con los ojos abiertos. Muy abiertos. Su compañero organizaba las velas e inciensos, las prendía y colocaba en la zona, con delicadeza de decorador en un departamento neoyorquino.

—¡Rápido! Colóquense en el segundo círculo —ordenó Infante. Notó que sudaba copiosamente. La chaqueta le comenzó a molestar. En un arranque de desesperación, se la arrancó a jirones. El segundo círculo tenía una gran estrella de David en el centro, rodeada de caracteres mágicos escritos en hebreo y latín. El primer círculo, con un triángulo interior, era la trampa. No muy diferente a las que colocan para agarrar los osos en el bosque. Una trampa mística.

Un fuerte rugido rebotó por todas las paredes de las rocas. Provenía de lo más hondo.

Y comenzó el ritual: mientras recitaba las frases gnósticas, Infante recordó las de su maestro diablero don Lucas: "Tú eres el amo. No temas. Les atrae el temor". Se dio dos cachetadas antes de continuar. El miedo se apartó. Prosiguió declamando retahílas en latín y francés. Entonces la caverna comenzó a temblar. Pedazos de roca cayeron a los lados de los diableros. La temperatura bajó de golpe. Alguien del inframundo había arrojado un cubetazo de invierno polar. Sus alientos expulsaban vapor. Elvis logró escuchar el golpeteo de los dientes de Billy. Podría ser por el frío. Lo dudaba.

—No salgan del círculo. No lo rompan durante la invocación. No quiero más bajas en la unidad... —ordenó. Sólo él, como maestro oficiante, podía estar fuera del círculo de protección. Era aventurado y loco. Estaba comprando un boleto sin retorno. Un boleto muy caro.

Sus hombres estaban de pie, firmes y tensos. Tan sólo el pelirrojo estaba inconsciente, tirado en el suelo.

Pasaron varios minutos. No hubo más movimientos, sólo frío. A Elvis le dolían las plantas de los pies y los músculos. Continuaba recitando los rezos y los cánticos. De pronto, entre las sombras del final del túnel, surgieron dos llamaradas enormes. Una de ellas llegó hasta él. Sintió cómo se achicharraban sus cejas, pestañas y parte del pelo. El olor dulzón de sus partes quemadas se mezcló con el olor a azufre.

—¡*Here is* Johnny! —murmuró Billy.

Un quejido, profundamente grave, salió de la oscuridad. No sólo de ésta. También de las rocas, la tierra y el aire. El mejor sistema estereofónico creado por un aberrante dios que decidió enemistarse con esas criaturas. Elvis pensó que Dios poseía muy mal sentido del humor, pero que era un buen ingeniero de sonido. Por más que forzaban la vista, no veían nada. Elvis Infante caminó lentamente hacia el primer círculo, y un poco más allá del mismo, por encima de unos grandes hongos albinos. Logró atisbar un intento de forma humanoide. Aunque lo único humano eran los dos pies. Entre las sombras había un torso descubierto, con bocas y extremidades. Era difícil saber dónde comenzaba el rostro y dónde el cuerpo. No era un demonio como los que conocía. Olía a antigüedad, a prehistoria. Algunos miembros rozaron el primer círculo sin tocarlo. Dejaban tras de sí un hilo de baba luminosa. Un moco nervioso con pedazos de insectos. Patas, alas y antenas.

Mientras el demonio gruñía, se escuchaba a su alrededor una especie de silbidos y rugidos como de serpientes. "Muy arquetípico, demasiado cliché", pensó Elvis, como si estuviera viendo una mala película *gore*.

—Gotcha, cabrón… —murmuró para sí mismo el latino. Con un salto llegó a su mochila. Extrajo una caja de madera del tamaño de un tabique. Se veía destartalada y apolillada. La colocó en el centro del último círculo. Comenzó a desdoblarla cual intricado cubo de rugby. Ésta tomó un tamaño imposible. Sintió el olor de pescado podrido del aliento del demonio. Alzó su vista. Estaba a dos pasos de él. Tuvo que reconocer que era un buen espectáculo: la boca se abría en el tórax, dejando escapar una nerviosa lengua con ampollas. Terminaba en lo que parecía una broma de sexo, la cual colgaba entre pliegues y baba. Los hombros se balanceaban tontamente, dejando caer los brazos y garras. Los dientes se confundían con sus costillas y el paladar con sus órganos. No había cabeza, tan sólo otra boca dentada en forma de vagina. Una ridícula farsa de carne tratando de imitar a un humano, pero que en conjunto era lo más lejano al hombre.

El demonio dio otro paso más. El olor putrefacto fue tan agobiante que Elvis tuvo que pellizcarse varias veces la nariz. Trataba de encontrar algo que pudiera remitirse a lo que serían los ojos. No lo había.

Estaba a punto de entrar al círculo, cuando se escuchó el inconfundible sonido de una garganta expulsando el contenido del estómago. Elvis maldijo. Volteó, era el canadiense pelirrojo. Se incorporaba con pedazos de vómito en su barba. El demonio comenzó a caminar hacia él; si es que el verbo *caminar* puede aplicarse a esa forma.

—Druj Nasu —chilló asustado Clément.

—¡*Oh, fuckin* rojo! —escupió Elvis, molesto. Billy permanecía sin moverse dentro del círculo. Héctor estaba a su lado, se había orinado en los pantalones. Salió del círculo para huir corriendo hacia el otro lado. El tentáculo fue más rápido. Se enrolló en él y lo jaló como un yo-yo hacia la boca.

—*Vade retro Satana… Nunquam suade mihi vana* —comenzó a recitar, desesperado, Elvis. El demonio giró y una de sus garras con dientes le cruzó la cara.

El cabo Infante no vio pasar su vida en ese instante. Se decepcionó. Le habían dicho que antes de morir lo vería todo como una película. Sólo había calor y humedad.

—Cabo… —chilló Billy. La lengua tocó la cara del canadiense, quien no cesaba de llorar implorando perdón a un dios que había olvidado décadas atrás. La baba quemó su piel.

—¡Tuputachingadamadrequemechingasjijodetuencabronadamadre! —rebotó por el túnel. El demonio estaba listo para devorar el alma de los presentes, cuando sintió que su consistencia física se derretía. Se volvía líquido. Plasma de maldad. Había sido capturado místicamente por el diablero. Nunca vio que Elvis se alzó con la caja en mano y lo atrapó cual red de mariposas. La caja se desdobló sobre sí misma, una y otra vez, debido a un extraño mecanismo de engranes, y se convirtió en jaula. Las paredes aglutinaban toda la esencia del demonio; lo estaban encapsulando, hasta dejarlo en un limbo, en la tierra de nadie: entre el Infierno y la Tierra.

Elvis soltó la caja. Ésta siguió distorsionándose. Sacó humo. Se agitó un poco más y por fin se quedó en el suelo, manteniendo al demonio en su interior. Una escarcha de hielo comenzó a cubrirla.

Infante se llevó la mano a la boca. Le faltaban dos dientes y una herida se abría desde la nuca hasta el cuello. No le importó. Era el demonio número ocho que atrapaba para el capitán Potocky. Era el orgullo de la unidad especial de diableros.

—Cabrón… —dijo en español entre la sangre y los restos de piezas dentales. Cayó de bruces, desmayado. El canadiense volvió a vomitar. Esta vez puro ácido gástrico.

III
EL DIABLO NUNCA DUERME

*"Lo terrible en cuanto a Dios
es que no se sabe nunca si es un truco del Diablo."*
Jean Anouilh

Cuatro años y diez meses antes

————— Original Message —————
From: Capitán Potocky
To: General Ivanof Lethaniff
Sent: Monday, November 29, 2001, 1:53 PM
Subject: Re: *New player*. Cita en Georgia.

Ruso comemierda:
Te mando un fuerte abrazo desde las plácidas playas del desierto de Afganistán. Como yo sé que ya conoces estos rumbos, te recuerdo lo que es disfrutar la maravillosa comida, el servicio y la hospitalidad de los locales. Sé que tu paso por aquí no fue tan placentero y te dejó sin la mano derecha. He preguntado a estos ovejeros si la han visto por ahí, imaginando que tal vez la dejaste olvidada junto con los tanques comunistas oxidados que regaron por todo el territorio. Solamente un viejo la vio por última vez cerca de un campo minado, donde fatalmente pisaste una de las minas donadas por nuestro ilustre senador Charlie Wilson para combatir a tus comunistas que invadieron este país. Si la llego a ver, prometo envolverla y mandártela en UPS. El porte lo pagarás tú.

Te aviso que la reunión en Georgia está confirmada. Tú sabes que mi gente ha logrado capturar una mercancía que te gustaría ver. Es material de primera. El ejército norteamericano está dispuesto a llegar a un acuerdo con tu gente del partido para acordar algo que convenga a ambas partes. Por favor, dile a tus ministros que no sean tacaños. Ustedes saben el costo en dinero y vidas humanas para atrapar uno de éstos.

La cita es el 31 de diciembre, en El Hoyo. Ahorra tus euros. Mis dólares piensan desplumarte. No es personal, sólo estoy tomando venganza de la última vez en Tokio. Ese millón me dolió mucho.

Tengo un nuevo muchacho que rescaté de la prisión en California. Es lo más real que he conocido. Un diablero encabronadamente bueno. Recuérdame presentártelo. Nos vemos en navidad, maricón. Saludos a Sylvia y tus muchachos.

Un abrazo,
Potty

P.D: ¿Leíste el artículo en la revista? Tenemos fugas de infamación en El Cónclave. Investiga si es alguien de tu gente. Yo haré mi parte. No lo interrogues, mátalo.

Karibumaquia: los sangrientos combates entre ángeles y demonios

Artículo original en la revista
Bolívar, núm. 6, 2001.

Hay dos mundos: es en el cual nosotros vivimos, pero divido en dos. La fe de los pobres y la de los ricos. En la santa fe de los ricos no falta nada, tan no falta, que no es necesario "bajar". Pero en el fondo de barrancas, las cuales antes albergaban ríos que nutrían a un lago, ahora hay abajo y más abajo. Abajo del abajo hay más abajo, ahí, en el remoto abajo donde dicen que sólo hay pobres, es donde está el otro mundo, cegado para el resto. Vivo y pulsante para los elegidos o maldecidos. Ahí, se practica un deporte que implica mucho dinero: La karibumaquia.

Son peleas clandestinas de ángeles y demonios en todas sus modalidades: ángel contra ángel, ángel contra diablo, ángel contra hombre, hombre contra diablo. Si bien, entre los ángeles de pelea la mayoría son querubines, de vez en cuando aparece un serafín corrupto, o un arcángel menor expulsado a Tierra. Si admitimos que los demonios son ángeles caídos, pero ángeles al fin, podemos decir que la karibumaquia consiste en el combate cuerpo a cuerpo entre seres celestiales.

Los organizadores no son ángeles, son humanos que capturan o crían a estas criaturas celestiales para el combate. Las peleas son a muerte y no son más sanguinarias que las peleas de gallos, de perros, o las corridas de toros. Se cuenta que son realmente impresionantes, ya sean repugnantes o adictivas para el espectador. Hay quien defiende estas competencias argumentando que es parte de una tradición de resistencia en contra de los monstruos llegados de Occidente hace quinientos años, pero por todos es sabido que el motor principal de las peleas son las grandes apuestas y las guerras de poder. Los ángeles y demonios destinados al combate en el ruedo se entrenan y preparan especialmente. Se les cría y se les deforma para afectar sus cualidades y garantizar que su estrategia de combate sólo será a través de la fuerza y la malicia. Los especímenes mejor apreciados para el combate son los querubines, en su forma monstruosa de guardián persa durante el combate y en su forma de cupido durante la crianza; y los demonios.

En la jerarquía celeste, los querubines pertenecen al orden superior. Los querubines se caracterizan por su masa de conocimiento, es decir, por su efusión de sabiduría: la denominación de querubín enseña, por otra parte, la aptitud en conocer y contemplar a Dios. Se presentan en su etapa inmadura como infantes alados, hasta llegar a crecer con los años como los caribúes persas: demoledores guardianes con cuerpo de león, alas de águila, cola reptilínea y cabeza humana. Siempre barbados. Son los más antiguos guardianes celestiales. Sólo superados por los arcángeles y los demonios primarios. Por mucho tiempo, estas criaturas fueron vistas como diablos. Por su violenta actitud y falta de moral, no era una visión errada.

Al principio los combates eran organizados sólo para enfrentar querubines en forma de caribúes; poco a poco, en la medida en que se fueron depurando las técnicas de captura de ángeles y demonios, se incorporaron especies de otros coros celestiales. El primer combate que se tiene registrado figura en un folio de la Inquisición de la Nueva España, fechado en 1740, donde se registra que promovían tales combates el "mulato libre" José Antonio Mendoza, acusado de "maestro cimarrón", y el "mestizo" Juan Diego Cacamatzin, acusado de "nahual". Ambos organizaban los encuentros e invitaban a los españoles criollos para correr apuestas. El nombre de esta práctica lo acuñó Antonio Mendoza, acusado de "maestro cimarrón". Estos "maestros cimarrones" eran laicos que invadían el monopolio del clero relativo a la prédica y la administración del culto. Antonio Mendoza era además un autodidacta aplicado, gustaba de estudiar teología, conocía latín y tenía una cultura muy por encima de la media. Juan Diego era shamán, y es muy probable que formara parte de la escuela de cacería de ángeles que fundara Alvar Núñez Cabeza de Vaca. En el siglo de las reformas borbónicas, los espectáculos clandestinos sufrieron una persecución importante.

A todos los criadores o cazadores de querubines y diablos de pelea se les llama "diableros". El ruedo donde se llevan a cabo los combates se llama "hoyo". "Estar en El Hoyo" se refiere a estar enfrascado en un fuerte combate con pocas probabilidades de sobrevivir. A veces los choques son tan cruentos que los dos contendientes acaban muertos. En estos casos se declara ganador al que muere al último. Frecuentemente los peleadores resultan tan mutilados que son inútiles de por vida para otro combate, entonces se les deja a su suerte, abandonados en algún basurero; unos mueren, y los que sobreviven quedan vagando, se alimentan de carroña y sobreviven gracias a la rapiña. Algunos de estos peleadores de desecho son recuperados para ser usados como *sparrings* para entrenar a combatientes más jóvenes, los cuales son alimentados con la carne de estos mismos *sparrings* para incentivar los impulsos angelocidas. No se sabe si los demonios y caribúes de pelea son alimentados también con carne humana pero no se descarta la posibilidad, aunque esta práctica esté mal vista entre los entrenadores.

Los demonios de pelea excepcionales ostentan una cornamenta "bonsayada". El bonsayado es una técnica robada del cultivo de los árboles bonsái, y se aplica a las cornamentas y callosidades que los seres angelicales desarrollan en el combate. Se ignora cuándo apareció. La mención más antigua al bonsayado se remite a 1650, así que muy probablemente fue traído a la Nueva España por la misión de Hasekura, que zarpó el 28 de octubre de 1613 del puerto de Tsukino-Ura en el barco de Mutsu-maru, llamado por los españoles San Juan Bautista, y que arribó a Acapulco el 25 de enero de 1614. Cuando los demonios triunfan varias veces, son jubilados. Se les tatúa en el cuerpo conjuros que calman su espíritu asesino; así podrán preñar hembras de hombre, que de otra manera matarían antes de copular para obtener nuevos demonios.

Nota: los lectores interesados en pedirle a la ONU que detenga esta práctica pueden enviar sus cartas a monseñor Torquemada, Conferencia del Episcopado Español, Durango 90, colonia Roma, México D.F., 06700, México.

IV
Vade retro Satana

*"Cuando el diablo está satisfecho,
es una buena persona."*
Johnatan Swift

Veinticuatro horas antes

Te dicen "El Tecate". Sólo es uno de tus apodos. Coleccionas nombres, como otros amigos. Cada nombre para cada persona en tu vida: *Soft Bolier, Hannuk Goldfield, Amador Zorro, Mr. Nadime, El Tijuana o CrazyKat.* Nadie conoce todos, y ninguno es tu verdadero nombre. Ése, el que te pusieron al nacer, lo guardas como tu más importante tesoro. Tú sabes que los nombres son relevantes. Poseen poder en sí mismos. A través de ellos te hablan, pero pueden maldecirte o levantarte una orden de aprehensión. Por ello tu verdadero nombre quedará en secreto, contigo, hasta la muerte.

Aunque algunos creen que vienes de México, se equivocan. Al igual que los que opinan que Alemania o Chile es tu lugar nacimiento. Ni te molestas en corregirlos. La cuna que te vio nacer es Dallas, Texas. *Be Texas, Be Proud,* te decían en la escuela. Tenían razón. Era en lo único que la tenían. Lo demás eran tonterías. Por ello te expulsaron: por clavarle un lápiz en el estómago a tu maestro de química. Los directores nunca te escucharon, aunque les explicaste que ese animal trató de abusar de ti. Nadie te creyó que el cerdo deseaba algo más que clases extracurriculares. Al final no te importó que te corriera el director, pues se enteró de tu disgusto cuando le volaste su auto en mil pedazos, al igual que al profesor de química. Inclusive, lo hiciste con los compuestos químicos de su clase. Por ello deberían haberte dado un sobresaliente en la materia, no una orden de aprehensión.

De Dallas, siguió el mundo. La lista de trabajos y lugares es infinita: lanchero en un bote de pesca para turistas en Mazatlán, sacador de borrachos en Tijuana, cantinero en un Club Med de Jamaica, contrabandista en Cuba, corredor de bolsa en Hamburgo, lector de cartas de tarot en Barcelona y diablero en Phoenix. En esa ciudad en medio del desierto fue cuando te introdujiste en el mundo oscuro de las peleas de karibumaquia. También te volviste adicto a la cocaína. Por eso decidiste irte a trabajar a Los Ángeles. Ahí se conseguía fácilmente. La coca, y los diablos. Tenías tan sólo veinticinco años. Portabas un hermoso pelo rubio largo y estabas a tono para matar un toro con las manos.

Hoy que te despertaste, al verte en el espejo te diste cuenta de que nada quedaba de esa persona. Ahora tienes cuarenta y tres años, te has rapado para llevar la calvicie con más dignidad, y un enorme estómago te impide ver tu pito. Estás seguro que nada de lo anterior demerita que sigas siendo un completo cabrón. Como lo vean, desde cualquier punto de vista, aún puedes romper las pelotas de cualquier diablo, ángel o caribú que te pongan enfrente.

Durante cinco años has ganado más de cien peleas en El Hoyo. Muchas veces tú mismo has combatido. Quizás no tantas veces últimamente, pero todavía recuerdas el olor de la sangre, del sudor y de la bilis derramada. Sigues paladeando el triunfo. Es una lástima que las últimas peleas no hayan sido como tú pensaste. Inclusive la que tenías arreglada salió mal. Un ángel decidió no dejarse ganar. Terminó arrancándole la cabeza a un caribú. La extremidad sin vida fue arrojada a tus pies. Supiste que el hijo de puta sonreía. Nunca hay que confiar en un ángel caído. Si traicionaron a Dios, lo hacen a cualquiera.

No, la vida no te ha sonreído en estos días. Te lo dices en voz alta, mirándote al espejo. Observas tu reflejo. La imagen es deprimente. La droga y el alcohol te están cobrando la factura. Sumes el estómago. No ayuda. Sigues viéndote bofo. Las ridículas bermudas floreadas que usas para dormir tampoco te embellecen. Maldices en alemán, el idioma de tu madre. Luego en español, el leguaje de tu guía shamán, don Coyote, quien te convirtió en diablero cuando consumías peyote en el desierto de Sonora.

Entre la puerta abierta logras ver a la mujer con la que compartes tu vida. Permanece dormida en la cama. Su pelo revuelto se pelea con la almohada. Trae una vieja camiseta de Van Halen. Era de cuando el vocalista era David Lee Roth. No cuando era Van Haggar. Tan nostálgica como la belleza de ella. Su atractivo lo perdió en algún bar en Las Vegas. Aún seguía buscándolo. Por eso insistía en operarse una y otra vez. Su piel está tan estirada como un tambor, los labios tan inflados como globo y los pechos tan redondos como pelotas de basquetbol. No te importa. Es tu pareja, o lo que ésta sea.

Tomas el pequeño jabón empaquetado. Le quitas la envoltura. Te gustan los moteles. Ahí vives. Nunca has tenido una casa fija. Siempre en cuartos de cincuenta y nueve dólares. Si te va bien en El Hoyo, hasta doscientos cincuenta dólares. No más. Opinas que son cuatro paredes y una cama. No deben cobrar más que eso.

Piensas que hoy será tu gran día. Es una premonición que ronda tu mente. Podrás pagar tu deuda y mandar tu realidad al caño. Te sonríes. Hoy es el primer día del resto de tu vida.

—Trou Macaq quiere hablar contigo, CrazyKat —oyes que te dicen a un lado. Es una voz juvenil, que derrama inocencia libidinosa. Volteas sorprendido. No esperas que una muñeca oriental esté resoplándote en la nuca a primera hora de la mañana. Está ahí, a sólo un paso. Nunca la oíste entrar. Ni la viste desde el espejo. No puedes creerlo. Es como un fantasma: Lil Gotik te apunta con una pequeña Walther 9mm. Se ve ridículamente grande el arma en su delicada mano con uñas pintadas de negro. Examinas incrédulo la vestimenta de la diminuta muchacha oriental: un vestido de encajes negro con detalles blancos. Podría ser victoriano, pero la minifalda es demasiada erótica. La crinolina la abulta como paraguas. Trae medias negras, arriba de la rodilla. Botas altas industriales. Un ridículo sombrero de copa. Una rosa roja de adorno. Asemeja la cereza en un pastel de chocolate. En conjunto te recuerda una muñeca de porcelana. De juguete tiene nada, es tan mortal como un litro de cianuro. La conoces desde hace años. Sabes que a Lil Gotik le gusta el *cosplay* o juego de disfraces. Una bizarra moda japonesa donde se visten de personajes de caricaturas. Las más populares son las Gothic Lolitas. De ahí tomó su sobrenombre.

—Son las siete de la mañana, ¿a qué hora te levantas para ponerte todo ese disfraz? —le preguntas sin alterarte. Consideras que es una pregunta válida. Lil Gotik te regala una sonrisa con sus labios pintados en negro.

—Nunca me quito el disfraz…

Su respuesta también es válida. Te volteas a verla a los ojos con la velocidad de un caracol. No deseas que su dedo nervioso dispare el arma.

—Si Trou Macaq desea verme, puede hablarme por teléfono. No necesita mandarte.

No te contesta. Tu mujer puja y gime, indicando que tiene un arma en la cien. En la otra mano Lil Gothic trae una Walther 9mm. El ojo apunta a tu compañera, que permanece de pie en el umbral de la puerta del baño

—Por favor, CrazyKat, salga del baño y pase a su cuarto. Trou Macaq se comunicará con usted... —te explica la diminuta mujer. Caminas al lado de tu mujer con pasos cortos, de ratón viejo. Sin poner resistencia, te sientas en la cama. Aún huele a alcohol rancio y sexo pasado. Lil Gotik acerca una silla. De su portafolio con encajes negros extrae una laptop. La abre y la coloca frente a ti. Aprieta un botón. Una pantalla aparece. Es una imagen vía satélite. Se ve cortada y con interferencia, pero es entendible. Mierda de la tecnología moderna que nunca funciona, opinas en silencio.

—¡Tecate, *associé*! —escuchas desde las bocinas de la computadora. La imagen se vuelve nítida. El hombre que te sonríe con sus dientes como mazorca amarilla es igual de oscuro que una buena barra de chocolate amargo. Un enorme peinado afro corona su cabeza. Un parche blanco cubre el ojo izquierdo. Reconoces su acento falso. Dice que es de Haití. Tú sabes que nació en New Orleans, pero nunca le has dicho que conoces su secreto.

—Trou Macaq, los celulares sirven para llamar. Es fácil hacerlo. Lo prendes y marcas los botones con números. Con gusto podré darte una cátedra sobre el tema... —bromeas sarcástico. La cara del hombre en la pantalla te dice que no le gustó la observación.

—Hoy me levanté y recordé que tú me debes algo. Me dije: "No, no puede ser que mi buen amigo Tecate quiera robarme. Quizás sólo se le olvidó". Entonces decidí mandar a Lil Gotik a que te lo recordara.

La mujer oriental le sonríe llevándose la punta de la pistola en gesto inocente hacia los labios, como si fuera una paleta de caramelo. Te da asco.

—Los negocios no han ido bien. Podría darte una parte... —tratas de explicar. El hombre comienza a gritar en francés cosas que no entiendes. Su francés es tan malo como el inglés de un australiano y el español de un cubano. Todos necesitan subtítulos para entenderlos.

—Lo quiero hoy... —remató. De nuevo la mazorca llenó la pantalla.

—Dame tiempo. Estoy seguro que hoy tendré algo grande para ti. Te lo prometo —le suplicas. Te odias. No es tu estilo. Pero es tu única esperanza. Debes mucho dinero. Cifras de seis ceros.

—Quiero algo hoy. Dinero o especie. No quiero explicarte lo que le hizo esta preciosa muñeca al buen Truman Chester. Dicen que lo enterraron en una caja del tamaño de una tostadora.

Reconoces que el desgraciado lo disfruta. Sabes lo que le sucedió a ese corredor de objetos místicos, el buen Chester. Estuviste en el funeral, no por él, sino porque te acostabas con su esposa, una coreana tan candente que podría ser estrella de su propia línea de videos de porno. Te dio lástima la manera en que terminó. La psicópata lo metió vivo a una trituradora de ramas. Dicen que seguía gritando aunque ya tenía la mitad de su cuerpo hecho astillas.

—Hoy... —remarcó Trou Macaq. La imagen se fue a negros. La oriental cerró la computadora y la volvió a colocar en su mochila. Sientes que el silencio entre los tres se vuelve eterno. Tu mujer comienza a golpearte y maldice:

—¡Eres un cabrón! ¡Me dijiste que ya no debías dinero! ¿Qué hiciste con los diez mil que te di?

—Fue una mala jugada. El ángel me traicionó —le dices. No puedes continuar. Ya sospechabas que no le gustaría saber que perdiste con cien mil dólares.

—¡Largo de aquí!...

Te levantas rápidamente. Sólo te da tiempo de agarrar tu cartera, un chaleco de cuero y botas vaqueras. Mientras la loca de tu mujer saca la .45 con la que duerme siempre. Una vieja maña que se le quedó desde su paso como amante de un contrabandista cubano. Ella misma lo mató.

Lil Gotik sabe lo que es una perra enojada. Es la primera en salir del cuarto. Recuerdas que nunca debes hacer enojar a una mujer. Muerden y tienen rabia.

Ya afuera del motel te encaminas a tu camioneta y te vistes con lo que lograste rescatar. Desde luego no ganarás un concurso de modas. Subes a la enorme Monster Truck Ford. Las llantas son de casi un metro de altura. La traes pintada en azul y con un enorme letrero: CrazyKat. A su lado, un anuncio de cerveza Tecate, una *birra* mexicana que amerita matar por ella. De ahí tu apodo.

Se introduce Lil Gotik al asiento de copiloto sin dejar de apuntarte. Le cuesta trabajo sentarse con su complicada falda de bailarina en ácidos.

—Trou Macaq quiere que te siga. Sólo para recordarte que debes pagar...

Volteas a verla. No sabes qué es peor, si la pistola o el disfraz. Decides que la pistola. No la echas.

—¿Si te doy un producto de primera me dejarías en paz? —propones. En su cara de porcelana no desaparece la sonrisa. Piensas que la tiene esculpida de por vida. Está loca de remate. *Nuts.*

—Depende —murmura.

Arrancas. No deseas entablar una conversación con esa maniática. La pistola sigue ahí, igual que la sonrisa. Sales del estacionamiento del motel y conduces hasta la avenida Fullerton hacia el oeste. Tratas de no pensar qué dirán los demás automovilistas que vean a un tejano con sólo un chaleco y una japonesa disfrazada de la novia de Tim Burton. Crees que no mucho. A fin de cuentas vives en Los Ángeles. Todos están locos y tienen reservado un cuarto en la casa de la risa. Sin excepción.

La mujer comienza a inclinarse hacia tu costoso aparato de sonido de la camioneta. La miras de reojo. Cuando toca el botón de encendido, tú ya estás efervesciendo. Al poner una estación con música pop, no puedes aguantar más. Tu puño toma la velocidad de un meteoro. Se clava en la mandíbula de la muchacha. Su cabeza rebota contra el cristal. La pequeña Walther cae al piso. Continúas manejando. No intentas recoger el arma. Tampoco a Lil Gotik.

La mujer se incorpora sin hacer ni un sólo ruido. Admites que es dura, no soltó ni un quejido. Imaginas que hacerle el amor sería como fornicar con un cubo de hielo. Su cachete muestra un hermoso hematoma morado. Es tu toque personal en su disfraz.

—Nunca toques mi radio. Nunca, *bitch*… —le gruñes. Ella se lleva la mano a la cara. Te mira con odio. El hielo sigue con ustedes todo el camino.

Te has estacionado frente a la puerta I-K de las bodegas Storages Amezquita Brothers. Es tu oficina. Rentaste una bodega amplia para guardar todo. Desde cuerpos mutilados hasta pedazos de la cruz de san Pedro que cambiaste a un asesino de la mafia rusa por dos Hummer. Conoces a los dueños, de hace años, uno de los Amezquita era fotógrafo de revistas sadomasoquistas de Ámsterdam, el otro era arquitecto en Costa Rica, ninguno tenía idea de lo que hacías. Ellos, igual que el resto de los mortales, pensaban que eras un *dealer* de autos usados. Incluso pagabas tus impuestos. Con la muerte y los impuestos no se juega, los dos te meten un consolador del tamaño de un cohete a saturno.

Bajas con un salto de tu camioneta. El calor te golpea la cara como una cachetada de carbón caliente. Te subes las bermudas floreadas y estiras tus articulaciones abriendo los brazos al sucio cielo de Los Ángeles. En el techo de las bodegas un grupo de cuervos graznan anunciándote como extraño. Lil Gotik se pone a tu lado. Al menos, ya sin la pistola. Su mejilla se infló como una berenjena.

—Espérame aquí. Traeré algo para tu jefe. Con esto podré saldar esa deuda —comentas. En ella sólo hay ojos de odio. No le das importancia.

Te encaminas hacia la bodega. Sacas una tarjeta de tu cartera y la deslizas por la cerradura. La cortina metálica se abre lentamente y te brinda un concierto de rechinidos. Entras con pasos amplios, de jirafa subdesarrollada. Adentro tienes cajas, baúles y jaulas. Tu colección especial. Prendes las luces. La luz blanca baña los artículos que atesoras. Lil Gotik camina despacio, mira todo algo sorprendida. Se acerca peligrosamente a la espada de san Jorge.

—No lo toques… —le indicas. No es una súplica, sino una orden directa.

—¿Como tu tocadiscos de la camioneta? —pregunta retadora la asesina gótica.

—No, si tocas esa espada, la ira del arcángel Gabriel caerá sobre ti. Seguramente un rayo te pulverizará. Yo no lo haría sin protección —explicas divertido. Te gusta que ahora tú tienes el control. Estás en tus terrenos. La mujer da un paso hacia atrás.

Llegas hasta el baño. Te volteas. Deseas ser dramático. Tomas bastante tiempo para hacer el siguiente movimiento.

Lo abres como un mago que levanta la compuerta para enseñar su truco. Logras tu cometido: la mujer se admira.

—¿Son querubines? —cuestiona acercándose. Le sonríes. No respondes. No es necesario. La imagen lo dice todo: tres niños. No aparentan más de cuatro años. Desnudos. Ninguno parece mostrar miembro sexual. Sus diminutas alas están amarradas con cinta. Los tienes esposados y encadenados. Sus falsas caritas voltean a verte. Los ojos color negro están llenos de odio. Tú sabes que la imagen inocente es sólo una fachada para esos seres que se transforman en los caribúes sumerios. Pueden ser tan letales como un demonio. Tú opinas que son peores por su amoralidad implícita.

Los tienes drogados, porque a los querubines te los piden vivos. Hay que engañarlos y atraparlos por sorpresa para que no tomen su forma primitiva. Se necesita embriagarlos con chínguere o con dardos. Atontados toman su forma angelical y facilitan su manipulación. Para eso eres muy bueno. El mejor cazador de querubines de la costa oeste.

—¿Cuánto pagaría Trou Macaq por esto?

La mujer se acerca a uno. El ser, salvaje, trata de morderla, enseña sus dientes de león. Te diviertes. Hubieras gozado si le arrancaran el dedo a la loca. Es una lástima que la psicópata sea rápida en reflejos.

—¿Son buenos estos especímenes? No parecen gran cosa.

—Los atrapé en el desierto de Sonora. Están perfectos para entrenarse.

Ella te mide con su ojo. No parece gustarle lo que ve en ti.

—No eres buena persona, CrazyKat. Son niños…

La parte maternal femenina la ha cegado. Comprendes que es normal. Tendrás que explicarle que esas bestias pueden medir hasta cinco metros. Una sola garra de éstos es suficiente para partirte en dos.

—Muñeca, en ninguna parte de la Biblia dice que es pecado matar un ángel, demonio o querubín. Sólo es válido cuando son humanos. No te dejes engañar.

—No te hagas el inocente. También has matado humanos.

—Nunca dije que fuera una buena persona.

Ella se lleva la mano al rostro. El cachete color uva parece palpitarle.

—Me voy a vengar por el golpe. No se quedará así.

—Merecías que te disparara por poner una canción de Cristina Aguilera. Eso amerita pena de muerte en algunos países, ¿lo sabías?

—Un día vas a morir. No seré yo quien te mate. Te sientes confiado porque Trou Macaq te quiere vivo, pero no creas que tienes carta blanca.

—Sabes que si hubiera querido matarte en el baño lo hubiera hecho. No lo hice por el tiempo que tenemos de conocernos. Habla con Macaq. Dile lo que le ofrezco —le respondes molesto. No estás de humor para que una mujer disfrazada de gótica te psicoanalice. Te vuelve a examinar con la vista. No puede decidir. Opta por hacer la llamada. Saca su celular. Negro, con brillantes. Se comunica con Trou Macaq. Sabes que le responde, pues sale de la bodega para hablar a solas. Decides ir preparando la mercancía. Quitas el candado. Tomas la cadena del extremo, guardas tu distancia. Arrastras a los tres *freaks*. Piensas que saldrás bien librado de tu enredo con Trou Macaq. Pensabas venderlos en el mercado negro europeo, pero si con eso te logra quitar la deuda, es ganancia. Hoy es tu día de suerte.

Escuchas de repente la sirena de una patrulla. Es inconfundible, sabes que sólo puede traer problemas. Maldices. Amarras la cadena a una caja y ruegas porque esas bestias no traten de huir. Te calmas pegándote tres cachetadas con la palma de la mano y sales caminando lo más normal posible. Un carro patrulla está al lado de tu camioneta. Son locales al menos. Idiotas sin esperanza de vida que sólo aspiran a portar una placa, una pistola y un seguro de vida. Pobres diablos. Dos oficiales emergen con la mano en el porta-armas, como si fueran un par de críos jugando a policías y ladrones. Lil Gotik los mira con su celular en mano. Crees que ella los aborrece más que tú, su mirada parece un puñal.

—Vimos que estaba abierta una de las bodegas y decidimos investigar —te explica el oficial de color. El rubio no te quita la vista. Su cara lo dice todo: una mujer con minifalda en disfraz, un hombre semidesnudo con bermudas, chaleco y botas en una bodega en East Side. Debes explicar mucho.

—La bodega es mía. Aquí está mi llave —les dices mostrando la tarjeta. El rubio saca el arma. Te apunta. Está nervioso.

—¡No se mueva, señor! —grita. Comienzas a pensar que realmente estás en problemas. El oficial de color se acerca a Lil Gotik. La examina. Ella no deja el celular. Desconoces si Trou Macaq está escuchando todo.

—Señorita, debo decirle que la prostitución es un delito —dicta autoritario. No puedes aguantar la risa. Sólo la idea de pagarle a Lil Gotik por sexo es delirante. Aunque para ella no es gracioso.

—¿Está diciendo que soy una ramera? —pregunta como gata encrespada. Baja el celular. Da un paso hacia el oficial y lo reta; él no sabe qué hacer ante la situación. Es de risa loca la escena, consideras que si lo estuvieras viendo en una mala película de Jim Carrey estarías desatado de la risa.

—Entiéndalo, están en un lugar apartado y su vestimenta no ayuda…

No sabes si intervenir. Tu policía te sigue apuntando. Dejas todo en manos de la dama.

—¡Es un juego, idiota! ¡Nos vestimos así por juego! —gritó molesta. El resto fueron groserías en japonés. Las reconoces. Son las únicas palabras que conoces de ese idioma.

El rubio te arrebata tu tarjeta y la licencia. Las examina sin bajar la pistola. Descubres que está sudando igual que un cerdo en matadero. Empiezan a sentir que están cometiendo un acto de brutalidad policiaca y exceso de poder. Sigues sin decirles nada. Lil Gotik parece lo suficientemente furiosa para armar un buen escándalo.

—Sus papeles parecen en regla. Podría revisar la licencia en la central… —le grita el rubio. Su compañero mueve la cabeza afirmativamente y se va a la patrulla para preguntar referencias sobre ti. Que las busquen, sabes que no encontrarán ni siquiera un *ticket* por estacionarte en un hidrante. Durante un tiempo, mientras buscan en su computadora que seas tú realmente, se quedan en silencio. Todo parece ir bien. Uno de ellos sale de su automóvil y se acerca a ti. Cuando te devuelve los documentos, ya no tiene su arma apuntándote. Sientes que la has librado. Pero te equivocas. Apenas tienes los papeles entre tus dedos, un gran ruido termina con tu buena suerte. Algunas cajas se derrumban en el interior de la bodega.

—¿Qué hay adentro? —pregunta el rubio entrecerrando los ojos para distinguir mejor. Si tú los ves, él los ve. No hay duda. Son los querubines amarrados y amordazados, que están tratando de zafarse. Comprendes que para sus ojos cegados del mundo oscuro al que estás acostumbrado, tú te acabas de convertir en un pedófilo sádico que tiene amarrados a tres niños, como si fueras una versión de Hannibal Lecter para *kindergarden*. No entienden que ellos son los anormales.

—¡Por Dios! ¡Tienen amarrados a unos niños! —grita cual chiquilla a la que le arrebatan su diario personal. En verdad no se ve muy hombre de la ley. Se parece más al policía de Village People.

Es una lástima que haya ocupado esa frase como sus últimas palabras. Fue un desperdicio de oportunidad para decir algo inteligente. La bala de la Walther de Lil Gotik le cruza el cráneo. Parte de su cerebro queda disperso en el piso.

Observas cómo su compañero logra huir hasta la patrulla. Lil Gotik seguía echando humo por el coraje. Lo sabes, pues continúa disparándole. Es buena tiradora. Le da a las llantas, los cristales, los faros y el radiador. Nunca debes hacer enojar así a una mujer, ya lo has dicho, pero nadie te pone atención.

Piensas cómo podrás tomar los querubines y largarte de ahí. Te quedas pasmado un segundo.

No esperabas que el oficial sacara la escopeta. Al verla, opinas que la fiesta comenzó de verdad. El intercambio de balas entre la psicópata y el policía se vuelve un tiroteo al mejor estilo del viejo Oeste. Los perdigones y las balas penetraron todo. Hasta que una de las descargas de la escopeta del policía atinó a un querubín. Después del impacto sólo quedó polvo de ángel y plumas. Angustiado porque cree haber matado a un niño, el oficial sale de su protección. Mala idea. Lil Gotik lo deja como regadera.

El eco rebota por las calles. Todo el vecindario sabe que las armas escupieron varias veces. Es hora de irse. Lil Gotik guarda su arma y toma el celular.

—Trou Macaq, tenemos un problema… —gruñe ella al teléfono. La miras sorprendido. Logras señalar su torso. Tiene un enorme boquete. Parte de los intestinos están asomándose. La mujer baja la cabeza, atónita. Se desploma. El celular cae a tu lado. Lo recoges mientras examinas cómo la mujer oriental da sus últimos respiros. Te apena verla así. Tomas su Walther y le disparas. Al verla muerta, piensas que ya está vestida de luto para su funeral. Fue disfrazada *ad hoc* para la ocasión. Escuchas el celular. Distingues la respiración de tu jefe.

—Soy yo. Lil Gotik quedó fuera de circulación… —le dices. Otra vez maldiciones en francés. Tu celular suena. Antes de responder, le dices:

—Permíteme, debo contestar una llamada —cambias los celulares. Pones el tuyo en tu oído.

—¿El Tecate?… —pregunta una voz femenina. No la reconoces al principio. Es una vieja cliente, Curlys. Trabaja como *host* para diableros. Es buena.

—El mismo, querida.

—Quiero hacer un último trabajo. Me retiro, pero no voy a dejar pasar esta luna llena de inicio del verano. Tú sabes que es cuando hay más diablos sueltos, y los diableros salen a cazar.

—Ya sabes que no ando de diablero desde las muertes en el Motel 6 en Tarzana. Creen que fui yo. Cariño, me costó una fortuna limpiar mi récord en la policía —le explicas. No te gusta recordar la famosa anécdota del motel. La recuerdas. En su versión corta: una mujer es poseída. No es por un demonio, sino por el espíritu de su esposo muerto. Al final hubo cinco muertos. Terminaste por dos semanas en el hospital psiquiátrico.

—Te llamé para contratarte como *lifesaver*. ¿Te interesa?

—Búscame si agarras algo… —respondes, pues un dinero extra siempre es bueno. Le cuelgas. Vuelves a tu llamada con el patrón, Trou Macaq. Si pudieras mostrarle tu sonrisa de complacencia, lo harías.

—No te preocupes por tu pago. Acabo de recibir una llamada que me dice que voy a volverme millonario.

—Eres un cabrón. Esta vez no me saldrás con ninguna tontería. Quiero un diablo. Grande. De preferencia de primera categoría. Un obispo me lo ha pedido.

Atrás de ti, los otros dos querubines han logrado zafarse de las cadenas. Emprenden un vuelo irregular al cielo, espantando a los cuervos que graznan al verlos. Tratas de detenerlos haciendo disparos con la Walther de Lil Gothic. No le atinas a ninguno.

No te importa. Estás seguro de que esa noche será tu noche.

Guardas el arma. Subes a tu camioneta. Sacas un CD para el reproductor. Es el nuevo disco del cantante francés Manu Chao. Te gusta. Lo conociste en Tijuana bebiendo cervezas.

Decides que para matar el tiempo hasta la noche comprarás una cubeta de pollo frito y un *six pack* de cervezas mexicanas Tecate. El alimento perfecto.

Es tu día de suerte. Eres un ganador.

V

Infiernos menores

"En cierto grado el satanismo es puramente
una clase de enfermedad del cristianismo.
Tienes que ser cristiano para creer en Satanás."
Alan Moore

Cinco años antes (continuación)

Los helicópteros CH-47 Chinook eran impresionantes. Quizás para los soldados americanos ya no ejercían la fascinación de ver volar a esos enormes armatostes. Para ellos eran tan comunes como un Toyota compacto en una autopista, aunque siempre había una sensación de monumentalidad al observar sus dobles astas largas girando cual colibrí desproporcionado. El viento que levantaban era comparable al de un huracán, pero no parecía causar efecto sobre el capitán Potocky. Esperaba a sólo unos metros del aterrizaje igual que un duro tronco resistiendo la tormenta. Detenía con la mano su gorro. El sofocante murmullo de los motores retumbó en el valle. La montaña seguía ahí, observando a los tres helicópteros.

El capitán Potocky alzó su brazo izquierdo dando la señal para que varios de sus hombres corrieran hacia el Chinook con cadenas. Las aseguraron. Estaban conectadas a una enorme caja de madera maciza de tres metros de altura.

Asegurada con fuertes cintillas de metal. La caja había sido totalmente cubierta de símbolos extraídos del *Sefer Berit Menuhin*, del cabalista Abraham ben Isaac ha-Sefardi Berdichev. El mismo capitán Potocky los había escrito siguiendo un rito establecido en Jerusalén a principios del siglo XIX.

Elvis Infante se acercó a la caja. Fisgoneó por un agujero. Logró ver la boca principal del demonio. Había sido tatuado y se le había perforado con un arillo el labio superior, de donde lo tenían sujeto con cadenas. Una de las lenguas olisqueó al diablero y trató de atacarlo. No pudo hacerlo. La mirilla era muy pequeña. Sólo la dejó cubierta de baba verde con pedazos de insectos. El demonio rugió impotente. Había sido esclavizado y encarnado. No regresaría a su esencia espiritual. Era esclavo de su captor. Elvis levantó la mano enseñando su dedo índice. Dudaba que ese ser tuviera idea de lo que trataba de decirle, pero aún así le sonrió con sus dientes rotos.

El helicóptero comenzó a elevarse. Las cadenas se tensaron. La caja despegó del suelo afgano en un salto. Continuó su camino al cielo, y de ahí a la bodega del Cónclave en Turquía. Aunque la polvareda levantada por el Chinook era tremenda, Elvis continuaba con el dedo levantado, gritándole:

—¡Fuckinjijodetuputamadre! ¡Te atrapé!

Los tres helicópteros se perdieron detrás de la montaña. Su sonrisa continuaba en su rostro. El dedo extendido también.

—Eres el cabrón más grande del mundo —le dijo el capitán Potocky en su español de turista de Tijuana. Le dio un fuerte abrazo levantándolo del suelo. Los dos comenzaron a gritar. Eran gritos sin razón. Sólo gozo y adrenalina. Los alaridos se convirtieron en risas. Terminaron igual que en una relación sexual: con una sonrisa tonta y sintiendo satisfacción.

—En verdad eres un pendejo —murmuró de nuevo en español el capitán.

—No me sermoneé —contestó Infante en inglés. Su mirada seguía perdida en la montaña. Se veía maltrecho y adolorido. Aún así no le borraban la sonrisa de complacencia que se asemejaba a la de un ganador del Super Bowl.

—Éstos no son espíritus chocarreros que andan metiéndose en las niñas que juegan a la ouija. Son guerreros ancestrales. Te podría haber partido tus pelotas fácilmente. Eres el pendejo con mayor suerte que he conocido.

Los dos se encaminaron a la tienda de campaña. Ambos cojeaban: Elvis por el golpe recibido del demonio y Potocky por la herida de bala del francotirador. El pueblo estaba totalmente asegurado. No habían descubierto más talibanes en la zona. Pasaron a formar parte del cúmulo de esqueletos que guardaban polvo en esa caverna.

En la entrada de la tienda seguía Rockie Ballard. Tenía una guitarra en mano. Cantaba *More than words* del grupo de metal *Extreme*. La voz era gutural, como siempre. Cuando el pelirrojo entonaba "What would you say if I took those words away", se oía como "Was good to said if I fuck this walks gays".

—Continúa practicando, Rockie. Estoy seguro que llegarás lejos —lo alentó el capitán antes de perderse en la tienda. El rostro pecoso iluminado chocó con el gesto de náuseas de Infante. No necesitaba decirle más.

Potocky tomó algunos libros que tenía en pilas a los lados de su mesa de trabajo. Eran libros viejos, con el inconfundible olor a moho y polilla. Encontró el que buscaba. Pasó las páginas. Se detuvo y lo volteó para embarrárselo en la cara al cabo Infante.

—¿Esto es lo que viste?

El libro tenía un viejo grabado. Un ser extraño. Con cabeza equina, cuerpo humano y alas. Era una parodia de demonio. Muy lejano a lo que se cruzó frente a él en la caverna. Elvis tuvo que sonreír. Ojalá los demonios fueran parecidos a lo que le mostraba el capitán.

—Capitán, usted sabe que no son así.

Potocky cerró el libro de golpe, casi pellizcando la nariz de su asistente.

—No te puedo engañar, tienes razón. El *Dictionnare infernal* de Colin de Plancy es una mierda. Ahora dime, ¿cómo era?

—Grande… Oscuro… Viejo.

—Ahriman, no cabe duda… —exclamó pensativo en voz alta Potocky.

—Es un *fuckin* cabrón. Más grande que nuestros juegos de *hocus-pockus*.

—Sólo son criaturas, como los dinosaurios. Existieron y funcionaron. Nosotros los humanos los adorábamos por no comprenderlos, como lo hacíamos con la tormenta o con un volcán. Los olvidamos y se convirtieron en adversarios de los cristianos —explicó el capitán sin dejar su sonrisa. Continuó su monólogo mientras guardaba algunos libros—: Debes entender algo, cabo Infante, este mundo ya no es el mismo que creó Dios. Ya no necesitamos ni ángeles, ni demonios. Son piezas de decoración obsoletas. ¿Quién se preocupa porque los atrapemos? ¿Qué persona se inquieta por los muebles usados?

—¿Vamos a ir tras eso…? —preguntó admirado Elvis. Potocky iluminó sus ojos árticos. Parecían los de un gato a punto de saltar sobre un ratón. Salvajes, pero efectivos.

—Desde luego. El más viejo demonio en la Tierra, Agra Nainyu. El primer adversario. Debe ser un gran luchador para que siga rondando por aquí. Lo intentaremos después de año nuevo.

A Elvis no le sorprendió la decisión de Potocky. Era un hombre con ideas firmes. Si estaba convencido de poder atrapar un demonio así, se lo compraba sin ver el precio.

—¿Qué va a pasar con el muchacho poseído?

—No sirve para El Hoyo. Su inquilino es un ente cualquiera... Déjalo. Mejor nos prepararemos para la gran cacería.

—El del chico... Podría tratar de compactarlo. Hacer un pase shamán.

—Es una orden, déjalo —le sentenció cortante. La voz de cofradía había terminado. El militar hijo de puta aparecía. Sus ojos azules se perdieron en un nuevo libro. No dijo más. Era la señal de que lo dejaran solo.

Elvis le otorgó el saludo militar a regañadientes. Salió de la tienda. Gruñía malhumorado. Se detuvo a unos pasos en el exterior. Sacó su cajetilla de cigarros. Tomó uno y lo masticó con odio. El Rockie Ballard continuaba cantando desafinadamente. Sintió rabia por no ser como él: un bobo al que sólo le preocupa grabar un disco.

Entre más sabía del submundo al que se había metido, más angustias lo perseguían. Necesitaría que algo pasara en su vida, tan drástico como la muerte de su hermano, para comprender que no valía la pena el agobio. Necesitaban recordarle que la vida era corta y el infierno para siempre. Se fue renqueando hasta una de las construcciones del pueblo y entró al cuarto donde mantenían como prisionero a Jordan Clément.

Al prisionero le habían curado la herida del hombro. Lo mantenían bajo vigilancia en espera del personal de la CIA para que le colocaran sueros de la verdad. No era común encontrar a un canadiense entre los talibanes.

La habitación que usaban como prisión estaba cerrada. Sin ventanas. Contigua al cuarto donde seguía el muchacho poseído. Sus gritos seguían oyéndose. La gran pared de adobe no opacaba sus quejidos. Elvis Infante cojeaba un poco y las cicatrices de la cara le pulsaban. Prendió la lámpara que habían implementado para iluminar el cuarto. No hubo ningún movimiento. El canadiense permanecía en una esquina, hablaba en murmullos para sí mismo. Su complexión delgada chocaba a la vista. Se jalaba sus pelos rojizos como un simio después de una lobotomía. El oficial latino no esperó a que lo reconociera. Le arrojó la libreta que le había quitado en la caverna. Cayó a un lado de su huesuda mano. El loco la prensó como si fuera parte de su alma.

—¿De dónde sacaste todo eso que está escrito? Algunos conjuros los conozco, pero otros nunca los había visto.

Las pupilas del demente se dilataron hasta volverse sólo una gran mota oscura en su rojilla cara carcomida por el sol. Sus dientes negros filtraron una risa.

—¡Oh, sí!… Obras perdidas de los monjes de Avignon. Ésas las conoces, ¿verdad, diablero? Son de la Inquisición. Pero no entiendes las que saqué de Haití. ¡Trou Macaq mataría por ésas! ¡Nunca las tendrá!

Infante enarcó una ceja y bajó el resto de su cuerpo un poco.

—Tú reconociste al que agarré. Le llamaste *Druj Nasu*. ¿Qué es?

—¿Preguntas qué es?… ¡Oh no, *corporal*! No es correcto eso. No, a ellos no les gusta que no se haga lo correcto. Hay que entenderlos. Son nobles, son guerreros. Respeto. Sí, mucho respeto —balbuceó Clément. El ojo izquierdo se le empezó a ir a un lado, siguiendo a un fantasma inexistente. El derecho seguía clavado en la cara quemada de Infante.

Éste escupió al suelo. La saliva cayó a sólo una hormiga de los pies del canadiense. Aún tenía rastros de sangre.

—Sin *pendejadas...* —gruñó Elvis en su mejor español de banda chicana a punto de matar a un policía corrupto de LA. Al menos usó el mismo tono de cuando lo hizo, cuatro años atrás.

—Es Mentiroso o Mentirosa. Le dicen La Embustera, su real alteza La Farsante —deliró el pelirrojo. Su discurso iba y venía entre la locura. Movía las manos como si estuviera dando una cátedra en Yale. La ponencia más demente de todos los tiempos—. Encarnación femenina de la maldad. Un principal rival de Asha. Ella aparece en el Gothic. Usted sabe, en el periodo viejo. El Druj se convierte en la encarnación del malvado, a través del cual Ahriman ejerce sus fechorías. Se personifica como Druj Nasu y dice separar la corrupción en el mundo. Madre de las abominaciones que se alimenta de la carne de los muertos, demonio que volaba como el dios insecto.

—¿Insectos?... ¿Como el demonio que poseyó al muchacho de a lado? —cuestionó Infante torciendo su boca con asco. Sintió el frío que abrigó sus huesos el día que le fue revelado el mundo oscuro de la demonología en la prisión. Era el mismo escalofrío que sentía cada vez que se encontraba con el demonio que tenía poseído al muchacho.

—No. Ésas son moscas. Controla a los insectos para defenderse y atacar. Reanima y controla cadáveres. Inicia el estado de putrefacción de su alrededor. Ella es su santidad La Muerte Putrefacta.

—¿No es un demonio?

Clément sonrió enseñando sus dientes corroídos por las caries. Los ojos funcionaron por primera vez sincronizados. Tomó la libreta y buscó entre las páginas de letra apretada y los detallados dibujos que horas de trabajo le habían costado llenar. Al encontrar la hoja, la alzó, mostrándola. Su mirada cayó en el cabo. No era la de un lunático.

—Nunca podrás tenerlo, diablero. Tú eres sólo un shamán. A Druj Nasu lo atrapaste, pero al otro nunca lo tendrás. Tan pronto como un alma deje un cuerpo, ella vuela abajo de la montaña en la forma de una mosca y agarra otro cadáver.

Infante lo miró. No entendió ni una palabra. Rugió molesto. Le lanzó un fuerte golpe al hombro herido. El hombre gritó adolorido. Soltó la libreta. Elvis Infante se agachó para levantarla y volvérsela a guardar.

—¿Cómo puedo atraparlo? —preguntó. El loco comenzó a chillar, balbuceando palabras en latín. Infante se acercó a él. Lo tomó del cuello. Sus dedos se fueron cerrando. Sabía que el aire estaba dejando de pasar por esa garganta. No le importaba matarlo. Sólo unos segundos más y la vida de ese traidor quedaría cegada. Elvis lo soltó. Clément respiró de nuevo. No había escogido ese día para morir.

—No… No… Mis conocimientos son para el gran poder. Ese libro es un tesoro. Sin éste, no podré llegar al final —logró decir el canadiense tratando de calmar el dolor en el cuello.

—¿Al final? ¿Quieres invocar a un diablo para que realice tus deseos? —exclamó burlonamente el latino. Clément se movió nervioso. Llevó el dedo a sus labios pidiendo silencio.

—Shhhh… *corporal*. Cállese. El Señor puede oír. He invocado a muchos de ellos, pero ninguno es El Señor. Por eso llegaré al primero de los caídos. A Ahriman, Angia Manyu, y ofreciéndome como su esclavo me cederá el don divino, el don de Lázaro, de Matusalén: ser inmortal —explicó en susurro, acariciando sus largas barbas rizadas.

Se levantó de golpe. Se deshizo de su camiseta, mostrando un lampiño pecho flaco. Las costillas sobresalían. Su piel estaba totalmente tatuada. A la altura del corazón, una cruz volteada enmarcada en una estrella de cinco picos. Alrededor, en un complicado diseño, símbolos satánicos e imágenes de locura. Algunas partes sexuales femeninas y masculinas completaban el cuadro. Era un templo demoníaco pintado entre el ombligo y el cuello. El loco no sólo deseaba ser poseído, sino que se ofrecía como un hogar bendito por la oscuridad.

Ante la sorpresa de Elvis, el canadiense se bajó el pantalón. Su falo estaba tatuado también. Por eso orinaba cuando le dispararon. Había estado escribiendo un conjuro al primer ser demoniaco en la Tierra. Su miembro era su tiza. Su orina, su tinta.

Elvis lo examinó. Era una imagen ridícula, con su vieja camiseta amarilla de *Star Wars* manchada de vómito, levantada, y sus viejas bermudas de mezclilla bajadas hasta el piso, enmarcando los tatuajes que cubrían su cuerpo. Lo que más le molestó a Elvis era la sonrisa de demencia como anuncio de neón. Pensó que toda esa locura sólo era para alcanzar el cáliz de la inmortalidad. Le daba náuseas. Sintió pena por él.

—Yo hubiera preferido un millón de dólares.

El canadiense comenzó a orinar en círculo, llamando en viejas lenguas a su demonio.

—Ése que quieres cazar, el que te odia, es Ba'alzebub. Puede ser Bal, el Señor. Es grande. Muy grande para ti.

—No me importa si es el *fukin* rey del mundo. Ese cabrón va a pagar lo que hizo. Te lo prometo, vato loco.

Elvis Infante se dio media vuelta. Salió del cuarto sin despedirse ni cederle una última mirada. No le importaba que la cabeza de ese hombre estuviera hervida en drogas y locura. Para él, como para el ejército, era un traidor a su patria, a su familia y a su realidad. Si no entendía que uno estaba en la Tierra para morir y sacar el mejor provecho de ésta mientras eso sucediera, no ameritaba su compasión.

Al cerrar la puerta tras él, Clément le gritó entre risas:

—¡*Siete uomini dei morti*! ¡*Siete uomini dei morti*!

Fue lo mismo que dijo su hermano antes de recibir una descarga de escopeta en su cabeza. Identificó de inmediato las frases. Lo recordaba perfectamente pues fue él quien jaló del gatillo.

VI
EL DIABLO ME OBLIGÓ

"La voz del diablo es dulce para oír."
Stephen King

Un año antes

El timbre del teléfono celular sonó tan alto que en la Patagonia debieron confundirlo con un terremoto. Cuando menos con un volcán. En la cabeza del hombre que aún dormía perduró el eco cual campanadas para misa. Tocadas muy cerca. Un centímetro máximo. El dolor de cabeza fue tan intenso que pensó no sobrevivir otro timbrazo. Con la velocidad de un burócrata revisando papeles, levantó el aparato para contestar. La mente seguía aturdida. En su cerebro, las campanadas seguían llamando viudas para el rosario.

—¿Sí? —preguntó con voz seca. Una lija hubiera tenido un timbre más gratificante. Quien lo buscaba le respondió a todo pulmón:

—¿Dónde ha estado? ¡Lo he estado buscando!

—Creo que se equivocó de número —le respondió sin dejar que continuara hablando. Sin dar más explicación, colgó.

Gruñó, incorporándose. Se llevó la mano a la cara para asegurarse de que seguía siendo el mismo tipo que veía cada mañana en el espejo del baño. Por el tacto, confirmó que no había cambios. Redescubrió su nariz filosa, así como su pelo negro que le caía en la cara, la fuerte barbilla partida y el cuello velludo que se extendía hasta el pecho. Dejó caer la cabeza en la almohada. Rogó por despertar en una cárcel mexicana, un bar de mariachis o cuando menos ahogado en un lago con una cubeta de cemento en los pies. No tuvo suerte. No había sido ningún mal sueño: estaba viviendo una pesadilla y ardería en el infierno por toda la eternidad.

Abrió un ojo. Le dolió. No tanto como cuando abrió el segundo. La luz entró por ellos y taladró su cerebro, que seguía asimilando y reconstruyendo las últimas semanas de su vida. No era una labor sencilla. Había que llenar los huecos que el alcohol había dejado.

Se encontraba en un hermoso cuarto. La ventana, enmarcada por cortinas costosas, con borlas, flecos y demás cursilerías. Parecía estar decorado al estilo de un rey francés que seguramente perdió la cabeza en la guillotina. La vista era hermosa. Se veía el valle de Santa Mónica hasta perderse en el mar. Estaba cubierto por la neblina de la polución de la ciudad de Los Ángeles.

Estaba acostado en una cama del tamaño de un campo de béisbol, con sábanas tan grandes como velas de galeón. A su lado, envuelto en las telas, el hermoso cuerpo femenino de una pelirroja. La espalda se ofrecía desnuda. El tatuaje de una mariposa, a cinco besos de su trasero, lo invitaba a devorarla.

Confirmado. Tenía boleto sólo de ida para el infierno.

El teléfono volvió a timbrar. No tan alto como la vez anterior. Las campanadas ahora tan sólo eran de una pequeña parroquia. Buscó el celular en el mueble a un lado de la cama. Trató de reconocer el número al que llamaba, pero su inoportuno celular marcaba "desconocido". Lo miró como si fuera un aparato satánico. Se lo llevó al oído con cara de haberse tragado un hígado crudo.

—¿Está bien, padre? He preguntado en la parroquia desde ayer pero nadie sabe nada de usted —se oyó una voz femenina. Era bella, pero triste. Arrastraba las vocales como si cada una le pesara.

—Estoy con un enfermo —respondió el hombre. Se quitó el mechón de pelo de la cara. Era un tic nervioso que se repetía constantemente cuando mentía.

—Es una emergencia. Necesito verlo.

—Nos vemos en dos horas en el Starbucks de la esquina de la parroquia. Cómpreme un *expresso maquiato, double* —indicó mientras estiraba los brazos desperezándose. Su columna vertebral tronó igual que leño en el fuego. El dolor fue con chispas y centellas.

La mujer que dormitaba se despertó. Volteó su rostro para mirarlo. Era de facciones finas, pero firmes. Arrebatadoras. Labios gruesos, difíciles de no ser besados. Un flequillo rojo le tapaba las cejas. Sus labios crecieron en una sonrisa. Los ojos se abrieron para mirarlo, como un par de reflectores. Sintió que el cuarto se iluminaba.

—En dos horas… —confirmó la mujer del celular.

—Sí —respondió secamente mientras se acercaba libidinoso a besar los labios de la pelirroja. Éstos lo recibieron con un jugoso y pasional desenfreno. Sintió la excitación en su cuerpo al tocar uno de los senos— …perdone, ¿quién es usted?

—La señora Von Raylond —respondió la voz triste, luego colgó.

El beso se congeló. No hubo respuesta hacia la pelirroja. La espalda se empezó a llenar de gotas de sudor. Su brazo tembló. Se hizo a un lado, con la vista perdida a la ventana, como si fuera un tonto esperando el camión de la razón.

—¿Quién era, *honey*? —le cuestionó coqueta la mujer tratando de continuar el juego sexual matutino. El hombre estaba blanco. No respondía al estímulo. Una estatua de mármol desnuda.

—La mayor contribuyente a la iglesia del condado y amiga íntima del obispo, la señora Von Raylond —respondió con voz temblorosa restregándose la cara.

La pelirroja se paró de la cama, aventó las sábanas sobre su amante. Caminó con la coquetería de una corista, mostrando su cuerpo en toda plenitud y exhibiendo que cada dólar pagado por sus operaciones estéticas estaban bien invertidos. Al darle la espalda para esculcar en el clóset de la habitación, mostró sus nalgas redondas. Formaban un corazón regordete. Luego giró sobre sí misma. Cargaba un traje en la mano. Color gris oscuro, corte inglés.

—Betty, la conozco. Va al club. Buena jugadora de tenis... No puedes presentarte con esos harapos comprados de barata en Wal-Mart. Ponte este traje. Se lo regalé a Steven en navidad. Son de la misma talla, te quedará —le explicó arrojándoselo a la cara con mirada pícara, de niña que se roba los cosméticos de su madre.

El hombre se levantó de golpe. Recogió del piso su ropa de sacerdote. Su cara asqueada gruñó:

—No está bien. Sería robar.

—Yo pagué por él. Es mi dinero, no de él. Diré que lo perdieron en la tintorería.

El hombre miró el traje con detenimiento. No tenía idea de si era bueno o no. Esas cosas nunca le habían importado. Tan sólo le gustó. Mucho.

—No me refiero a eso... —murmuró, vistiéndose. La mujer lo admiraba con el dedo índice en la boca, imitando a una colegiala que fisgonea al jardinero atractivo.

—Tranquilo, nada va a pasar —terminó rápidamente su plática la mujer. Ya sospechaba hacia dónde se dirigía la conversación: hablaría de pecados, la cantaleta de siempre. Discutirían hasta que él huyera de la casa. Luego se emborracharía y la llamaría por celular cientos de veces. Odiaba que se repitieran esas escenas cada determinado tiempo. Sería más fácil sin la culpa. Asumiendo todos sus realidades. Lo miró con una sensación de pena.

Para romper el silencio, le hizo un ofrecimiento.

—Podría llevarte en el BMW. Tengo que llevar a Charlie a la escuela.

El hombre se ajustó el pantalón. Volteó a ver un retrato enmarcado. Estaba al lado de un Buda de metal que adornaba la habitación. En aquél la pelirroja abrazaba a un crío de diez años. Él era Charlie. A su lado, su esposo. Los tres parecían disfrutar unas vacaciones en Aspen. Se veían contentos.

"Está casada y con un hijo", se dijo a sí mismo. Se ajustó el saco del traje. Le quedaba perfecto. "Estás acostándote con la mujer que te pidió ayuda porque su hijo estaba poseído por un demonio. La ayudaste y te quedaste con todo; no una rebanada, fue con todo el pastel. Ahora te compra ropa. Eres su chulo. Su amante. Vas a irte directo al infierno. Nada podrá salvarte."

Se miró en el espejo con su nuevo traje. Se veía bien. La culpa desapareció ante la satisfacción banal de una pieza de vestir de marca.

—Está bien, llévame.

Entró a su privado. Era tan austero como una ermita en medio del desierto, o bien, una oficina ejecutiva japonesa: silla, escritorio, tres libros, unos papeles y laptop blanca. Sólo la enorme imagen de un cristo alzando las manos en rezo escoltaba el lugar. Era una imagen de madera, tallada en el siglo xix. Le habían tratado de poner todo el dolor y la fatiga de la humanidad en el rostro. Los estigmas de las manos parecían arrancadas de una película de terror. Con sangre. Mucha sangre.

Se dejó caer en el sillón como un edificio derrumbado. Su mano restregó la cara. Aún faltaba tiempo para su cita con la mujer de la llamada. Cerró los ojos. No logró quitarse la culpa, ni el odio a sí mismo. Pensó en los nueve círculos del infierno de Dante. Se preguntó en cuál le habían reservado su cuarto con calefacción y vista panorámica al sufrimiento eterno. Aseguraba que sería suite de lujo, pues estaba rompiendo más de la mitad de los mandamientos. Sólo le faltaba matar y robar. Miró su elegante traje gris que algún día fue de Steven, el esposo de su amante. Sonrió sarcásticamente. Ya podía tachar el mandamiento de "no robarás" también. Su porcentaje de bateo iba subiendo.

Una de las religiosas que trabajaban en la parroquia abrió la puerta mientras la golpeaba con los nudillos al mismo tiempo.

—¿Padre? ¿Puedo pasar?… —preguntó sonrojada. El sacerdote alzó los ojos con una mezcla de tedio y molestia.

—Ya está adentro, hermana. No veo para qué molestarse en pedir permiso. Generalmente una puerta cerrada sirve para eso: para mantenerse cerrada —refunfuñó.

—Lo siento, pero lo busca una persona. Creo que es policía.

Al escuchar la última palabra, el rostro del predicador se volvió oscuro. Pasó de verde enfermo a azul aterrado. Un caleidoscopio humano.

—Enseguida voy.

Salió con calma. Caminó como un preso rumbo a una descarga mortal en su pena capital. Los pecados lo acosaron; cada poro de su ser expelió un sudor inculpador. Era el peor condenado que conocía. Nadie le ganaba. Expulsaba tal deseo de castigo, que un masoquista nunca lo tendría en una orgía pues se robaría toda la atención de los invitados.

Se detuvo en el umbral de la arcada de la parroquia, encubierto por una sombra que caía cual manto frente al luminoso sol californiano. En el patio, entre el jardín con rosas y palmeras, esperaba una mujer, fumando. Tan sólo unos centímetros más alta que una adolescente. Su pelo rizado, imposible de controlar, estaba revuelto en una maraña color castaño. La hacía ver un palmo más alta, pero sólo se trataba de un truco visual. Su cara era regordeta. La nariz, grande; cargaba unos lentes tan amplios como parabrisas de automóvil. Ojos verdes, chispeantes. Enmarcados por unos aretes del tamaño de ruedas de tractor. Vestía un pesado suéter que le llegaba a las rodillas, en colores estridentes. Encima de éste, una gastada gabardina. El atuendo terminaba con jeans baratos y zapatillas Nike color plateado. Fumaba nerviosa un cigarrillo largo y oloroso. Para colmo, mentolado.

—Padre Benjamín… —le dijo al verlo encubierto en el portal. No levantó la mano para saludarlo. Ni siquiera se acercó a él. Esperó a que éste se aproximara. Cuando se detuvo a su lado, una enorme sonrisa apareció en el rostro de la mujer.

—Me dijeron que me buscaban. ¿Es usted policía? —le dijo con su voz profunda de confesor, escondiendo en lo más hondo de su ser su culpabilidad. La mujer le arrojó el humo. Volteó el rostro para seguir disfrutando el jardín de la parroquia. Un pajarillo cantaba posado en los rosales. Parecía un set montado. Demasiado coreografiado para ser real.

—Hermosa vista. Tiene mejor locación que el templo judío al final de la calle. Digamos que en el tema del buen gusto, los católicos están aporreando a los rabinos por varios puntos —le dijo con voz chillona. Alegre como un pastel de cumpleaños.

—Realmente estoy ocupado, señora. Me gustaría tratar su asunto con la brevedad posible —dictó el cura, quien trató de acomodar su rebelde copete. Era un gesto tan sensual, que la mujer lo disfrutó como a su cigarro.

—Nunca pensé que hubiera sacerdotes tan atractivos. Generalmente los rabinos se parecen a Eli Walach o a mi abuelo, y le aseguro que éste no era un Adonis. De haberlo conocido antes, me hubiera cambiado de religión hace mucho tiempo —exclamó la mujer. El sacerdote deseaba odiarla, pero su tono era tan maravillosamente sarcástico que tuvo que adorarla. Le regaló su primera sonrisa de ese día. Inclusive le agregó un rubor.

—Es toda una comedia.

—Lo traemos en la sangre judía. Seinfield tuvo suerte, pues cualquiera de nosotros sería igual o mejor que él —le devolvió la sonrisa. Estiró la mano para presentarse—: Soy la detective Norma Schmitz.

—Un placer, detective —saludó estrechándole la mano. Fue un apretón sincero. No el rozón que hacen las mujeres—. ¿A qué se debe su visita a nuestra pequeña parroquia?

La mujer comenzó a caminar por el jardín.

—¿No le importa si platicamos mientras disfruto de su jardín? Vivo en un departamento en Culver City. Las rosas son exclusivas para los residentes de Beverly Hills y las actrices ganadoras del Oscar.

—Disfrútelas. Las hermanas son muy dedicadas en mantener el jardín hermoso. Siempre es bueno tener admiradores de su trabajo. Sirve para mantener el ego elevado.

—Pensé que no podían sentirse orgullosos, que sería algo para arder en el infierno o para estar condenados a ver repeticiones de *Law and Order* por toda la eternidad —bromeó mientras terminaba su cigarro. El aroma a mentol se mezcló con el olor del pasto recién podado. Un avión cruzó el cielo recordando que ese paraíso estaba enclavado en medio de la ciudad.

—Hacemos votos de celibato y de pobreza, pero le aseguro que seguimos siendo susceptibles a los halagos. Ésos siempre son bienvenidos —respondió tratando de verse interesante e intelectual. Y terminó por sonar torpe.

—No quiero hacerle perder el tiempo. Estoy investigando un caso. Tan sólo deseo hacerle unas preguntas —explicó extrayendo una libretita de argollas y una pluma para hacer anotaciones. El sacerdote tuvo que volver a sonreír. Se vio como una ridícula copia de un capítulo de la serie *Columbo*—. ¿Dónde estuvo ayer por la tarde, padre?

—En el cine.

—¡Bien! Seguramente recordará qué cinta vio y quiénes fueron sus actores…

—No recuerdo. Fue una de acción con comedia. El héroe es ese tipo calvo, casado con la muchacha guapa… —dijo levantando los hombros, asegurándose de mirar a los lados, desinteresado, para no cruzarse con la mirada de la mujer.

—Padre, aquí en California tenemos más religiones que salas de cine, pero la única religión que adoramos es ésta última. Si no recuerda una película o sus actores, estaría cometiendo pecado… —regañó la detective bajando la libreta.

Volvió a levantar los hombros, como si se disculpara de un tropezón.

—Lo siento, fue mi pecado. Me arrepentiré y me confesaré…

—No es tan fácil, padre. Recuerde que mi Dios no es tan benevolente como el suyo. El mío destruye pueblos enteros... —al decir esto, continuó un silencio incómodo. Los dos se miraron como en un duelo del viejo Oeste. Schmitz sacó otro de sus cigarros mentolados. Lo prendió con un encendedor desechable. Aspiró la bocanada de humo y la expulsó, para aliviar la tensión.

—Me gusta juzgar a la gente por lo que veo. Ya sabe, como lo hacía Sherlock Holmes con sus clientes: les explicaba que eran casados, pobres, antiguos militares y maricones sólo con ver el anillo, el traje barato, la medalla de honor y los rizos de su amante travesti en el hombro... —expuso la mujer. Dio un paso atrás a fin de examinar al religioso y continuó—: Y lo que yo veo es un hombre atractivo, joven, viril y vestido con un elegante traje de marca. Seguramente estaría en un bar en Wilshire ligando a cualquiera de las bellas modelitos que desean ser actrices. Pero me equivoco. En vez de eso da misa los domingos, confiesa aburridas viudas irlandesas y hace exorcismos en sus vacaciones.

—Es un llamado celestial —respondió en automático.

Schmitz levantó su ceja, tan alto que casi se le sale de la cara.

—Eso es el pedazo de mierda más maloliente, padre. El hombre está hecho para fornicar como conejo y poblar la Tierra. Para eso existen el matrimonio, los burdeles y el internet.

—¿Y usted, detective?, ¿está casada? —preguntó señalando su mano limpia de anillos. Fue un truco para zafarse de esa plática, la cual tomaba rumbos que no le agradaban. Schmitz sólo murmuró:

—No, aún no me he topado con el doctor perfecto para mí...

Otra sonrisa. Parecía que habían entrado en un receso. Un tiempo fuera para comprar sodas y comida mientras continuaba la pelea.

—Es toda una personalidad, padre. Me extraña que no le abrume tanta fama a su alrededor... —continuó Schmitz, quien sacó un periódico enrollado de una de las bolsas de su gabardina. Lo extendió frente al hombre que tenía que bajar la cabeza para no cruzarse con su vista. Era un ejemplar del *National Enquire*. Tenía como titular: "Sacerdote católico hace exorcismo al hijo de un famoso productor de cine". Más abajo había una foto de su amante pelirroja abrazando a un muchacho. En el pie de foto completaba: "Él salvó a mi hijo de las garras del diablo. Es un hombre especial".

—No crea todo lo que esos periódicos publican. Si lo hace, pronto andará tras la pista de Elvis en un platillo volador —respondió tajante. Odió la publicación desde el primer día que la vio. Era denigrarlo a un espectáculo de supermercado.

—También vi la entrevista en *20/20* con Barbara Sawyer. Tiene un grado más de credibilidad que este papel higiénico.

El sacerdote le dio la espalda. Comenzó a alejarse, molesto. Sabía que tarde o temprano alguien vendría a molestarlo con eso. Nunca esperó que fuera una agente de la policía.

—¿Cree usted en el Diablo, padre Benjamín?, ¿realmente estuvo en ese chico?, ¿cree todas esas patrañas que han escrito en los periódicos?

El cura se detuvo. Giró lentamente. Sin concesiones, le disparó con una voz ronca:

—El Diablo se introduce en las personas inocentes para tentar a los de su alrededor, no al poseído. Lo hace para destruir nuestra fe. Corrompe a los que creemos y adoramos a nuestro Padre Dios... Y usted, detective Schmitz, ¿cree en el Diablo?

La detective sonrió maliciosamente, y respondió:

—No, en nuestra religión creamos nuestro propio diablo: una madre judía.

Permanecieron mirándose por varios segundos. Los pájaros trinaban cerca. Una suave brisa levantó las hojas. Como una explosión, el padre Benjamín comenzó a carcajearse. La mujer le hizo coro. Las risas espantaron a las aves. La monja se asomó desde la sacristía para ver qué sucedía. El sacerdote católico se reía sosteniéndose del hombro de la mujer.

Los dos se calmaron y secaron sus lágrimas.

—Detective, esta vez el juego es para usted… —admitió el hombre, acomodándose el peinado—. ¿Trabaja en homicidios?

—No. Nunca dije que fuera policía —lo corrigió limpiándose el rostro con un pañuelo desechable, ya usado, mientras soltaba pequeñas risas. El sacerdote palideció al oírla—. Soy detective privada. Trabajo en la firma Carmandy, Schmitz y López. Soy la de en medio. Nos contrató el director de cine Steven Greffen para seguir a su esposa. Sospecha que tiene un amante.

Silencio absoluto. Ni los pájaros cantaron.

—¿Y yo qué tengo que ver? —balbuceó. No sonó muy convincente.

—Es muy amigo de la señora Greffen. La amistad parece haber crecido después de que salvó a su hijo, por eso mi cliente desea ser prudente. ¿La señora Greffen, por casualidad, no le ha platicado algo sobre una relación? ¿Un nuevo amigo que haya conocido? ¿Un joven actor con el que saliera?

El sacerdote movió la mano en señal de despedida. El coraje le dio fuerza para lograr alejarse como alguien que había sido insultado.

—No, y si así fuera sería secreto de confesión. Nunca se lo diría. Le recuerdo que su Dios, que mandó las plagas de

Egipto, es también mi jefe. Yo nunca traicionaría a un patrón que puede ser tan cruel.

Sin voltear a verla, se encaminó con grandes zancadas de regreso a la parroquia. La detective lo miró moverse, desde atrás. Se saboreó el firme trasero del religioso.

—Tiene buena nalga, padre. Es una lástima que no sea cardiólogo. Si lo fuera, lo habría violado y raptado para casarnos.

Él no se volvió a ella. Sólo entró a la sacristía, y dio un portazo al cerrar. La detective no logró ver la gran sonrisa que tenía.

El sacerdote entró a la cafetería Starbucks. La habían construido hacía un par de años sobre una tienda naturista que sobreviviera desde los años hippies. Prontamente se convirtió en el centro de reunión de jóvenes universitarios que llegaban con computadoras, bicicletas y sus sistemas iPod. Todos increíblemente atractivos. Todos esclavos de la moda Gap. Todos viviendo el Sueño Americano de las tarjetas de crédito pagadas por sus progenitores. Santa Mónica era un lugar privilegiado. Algunos opinaban que era la sala de espera para el Cielo.

Una de las meseras le guiñó el ojo. Era una joven muchacha con *piercing* en la nariz, labio y ceja. Cuerpo delgado y estilizado. Horas de ejercicio remarcaban sus piernas. Debajo de un cargado maquillaje oscuro en los párpados había un par de hermosos ojos negros. Su pelo oscuro trataba de emerger de un tinte color cereza. En esa pelea, el tinte parecía ir ganando.

—Buenas tardes, ¿desea ordenar algo? —le preguntó la chica saboreando cada palabra para sonar como una *hotline*. Fue tan convincente que uno de los parroquianos casi tuvo un orgasmo.

El religioso primero volteó hacia ambos lados. Los ojos seductores de Pelo Cereza no dejaban de apreciar la camisa blanca y el traje bien cortado. Pensó que se lo estaba imaginando desnudo. Nervioso, se quitó el fleco de la cara, para esconder su timidez.

—Estoy esperando a alguien —soltó sin poder quitar la vista del escote de Pelo Cereza. Lo hizo para no mirar los ojos negros. La chica se sintió observada y lo disfrutó.

—Espero que sea yo… —murmuró Pelo Cereza. La cara del padre se volvió del mismo tono del cabello de la chica. Una voz en su espalda logró romper el coqueteo como un picahielo clavado en la espalda:

—¿Es usted el padre Benjamín?

El hombre giró sobre sus tacones. Frente a él había una mujer. Ésta era todo lo que él esperaba que fuera la esposa de uno de los decanos de la universidad de Loyola: fina, elegante, con porte. Pelo negro en corte Bob. Tan perfectamente hecho, que podría ser montado en una exposición del MoMa. Una mascada en azules eléctricos envolvía la camisa blanca. De seda ambas. Falda a cuadros. Ligeramente arriba de las rodillas. Perfecta para mostrar que las prácticas de tenis los lunes, miércoles y sábados funcionaban.

Pelo Cereza la miró. Dejó escapar una trompetilla con la boca y regresó a su máquina de capuchinos. El religioso seguía petrificado. Para ser un hombre tan atractivo, realmente era un completo idiota. Graduado con honores. Esa inocencia era lo que le daba su encanto.

—¿Señora Von Rayond?… —balbuceó.

—Mucho gusto, padre —exclamó aliviada la mujer, agitando su mano con fuerza. Señaló hacia un par de sillones del local. En la mesa esperaba un café humeante y un pastel—. Le he ordenado su café, como lo pidió.

—Lo siento. Fue un atrevimiento de mi parte. Habló mi subconsciente. Estaba muy dormido —se disculpó sentándose en el privado. La mujer hizo lo suyo. Sus rodillas tocaban incómodamente las de él. Fue peor cuando ella agarró su mano y comenzó a besarla.

—Necesito que me ayude. Por favor, estoy desesperada.

El padre Benjamín volteó a su alrededor. La comunidad universitaria estaba ajena a ese momento.

—¿Por qué yo? —fue la única pregunta que apareció en su boca. Se sintió más tonto que de costumbre. La mujer levantó la mirada. Tenía los ojos llorosos. La voz era un cargamento completo de pena.

—Todos sabemos lo que hizo usted con Vannesa. Lo que le sucedió a su hijo.

Cuando era reconocido en cualquier círculo por el exorcismo que hizo a ese muchacho de tan sólo doce años, se sentía sucio. Había comenzado como algo inocente. Al igual que esta vez, fue la llamada de una de sus fieles en la parroquia. La hermosa actriz casada con el productor de cine, diciéndole que él era su última esperanza: el diablo había poseído a su hijo. Como sacerdote con estudios de psicología era perfecto para detectar una posesión demoniaca. Después de varias sesiones para encontrar la solución, su mundo y su fe se volvieron patas para arriba. No le parecía placentero que esa mujer le recordara todos los errores que había cometido en los últimos meses.

—Preferiría no hablar del evento. El muchacho está curado. La vida debe continuar, señora —dijo carraspeando la garganta.

—Necesito alguien que tenga experiencia. He tratado de hallar al señor obispo, pero me informaron que se encuentra en Roma. Decidí llamarlo. Sé que él lo aprobaría... —repuso la mujer.

—No soy exorcista. Lo siento, señora —siguió zafándose. Los problemas en su nuevo rol de sacerdote adúltero eran demasiados.

Por un momento dejó de pensar. Se hundió en los ojos de pena y dolor de la mujer. Su respiración era suave. Un poco errática. En un momento de lucidez, planeó una salida a su problema: si ayudaba a esta mujer, la detective nunca sospecharía que el supuesto amante de la actriz era el mismo. Resultaba imposible sospechar de un sacerdote tratando de ayudar a mujeres desamparadas.

Se había graduado en psicología, con especialidad en enfermedades mentales. No sería difícil ayudar a esa loca a que tomara pastillas y se internara. Fin del problema.

—No se preocupe, le ayudaré. Pero debo decirle que lo haré primero como psicólogo, para hacer una evaluación de su estado mental. No puedo tomar una decisión a ciegas sobre usted, señora Von Rayond —explicó con su tono de catedrático. Sonó convincente.

—No se trata de mí, padre —de inmediato lo interrumpió la mujer. El sacerdote palideció—. Es mi esposo quien ha sido poseído por un demonio y dice que el diablo le está robando su alma para el infierno.

—¿El profesor Von Rayond? ¿El antropólogo?... —cuestionó como si hubiera recibido una inyección de irrealidad pura.

—Así es. Necesita ir a verlo. Mi chofer está esperándonos afuera. Por eso le pedí el café para llevar... —soltó la mujer, y lo jaló hacia la salida del local. Antes de cruzarla, Pelo Cereza se lamió los labios tentadoramente.

El camino no fue largo pero, como todo recorrido en Los Ángeles, sí fue tardado. El tráfico de la mañana los mantuvo lo suficientemente ocupados para que la señora Von Rayond explicara al padre Benjamín lo sucedido en los últimos días, mientras el chofer manejaba su lujoso automóvil color acero. La mujer hablaba con pesar. El religioso analizaba las vestiduras del auto, que eran insoportablemente hermosas y aburridas, como todo lo que los ricos hacían: fiestas, hijos, negocios y sexo.

La señora Von Rayond movía las manos, nerviosa. Trataba de secar el sudor con un pañuelo, apretándolo sin compasión. Le explicó que llevaba quince años de casada con su marido, el famoso historiador y arqueólogo decano de la Universidad de Loyola. Era millonario, heredero de las viejas familias angelinas que emergieron con la llegada de los pozos petroleros. Sus antecesores habían adquirido tierras para ganado y en éstas encontraron petróleo. Los ranchos pasaron a ser mansiones. Para cuando llegó la guerra mundial, ya tenían un contrato jugoso para producir combustible de tanques y aviones. El país combatía a los nazis y los millonarios recibían más dinero. Una relación donde todos ganaban. Hastiado de los negocios, el último heredero se enfrascó en su búsqueda de quimeras históricas y proyectos de reconstrucciones arqueológicas en todo el mundo: desde la exploración de ruinas mayas en Guatemala hasta recobrar pergaminos gnósticos en Palestina. Su posición y conocimiento lo impulsaron al puesto de decano en la universidad. Su pasión eran las fiestas intelectuales de la costa californiana, con martinis secos y narraciones de lugares exóticos. Eso se volvió su trabajo de tiempo completo. Su vida era tan extenuante como la de la luna: sólo había que estar ahí y brillar.

Podían seguir asistiendo a cocteles exclusivos pero desde hacía tres semanas, Federico L. Von Rayond se comenzó a sentir mal. Su primer síntoma fue gritar maldiciones en latín a las ardillas que habitaban el jardín de su casa. Cuando logró atrapar una, le arrancó la cabeza de un mordisco. Luego vinieron las incontinencias de la orina y el excremento. Se había bajado los pantalones en plena exposición de los pintores surrealistas en el Getty para descargar todo su estómago. Al terminar gritó que ésa era su mejor obra. Fue cuando la familia decidió recluirlo en su cuarto.

Los especialistas llegaron. Hicieron estudios. Muchos y costosos. Luego se fueron. Cada uno tenía una teoría. Ninguno parecía acertar. Se resumía a sólo una cosa: locura indefinida.

Una gran reja de metal con adornos arábicos se abrió para dejar entrar el automóvil a una lujosa mansión en las colinas de Bel Air. Habían llegado.

—Creo que será mejor que usted las vea… —logró murmurar la mujer con un silbido. Permaneció en silencio hasta que el auto se detuvo frente a la aparatosa construcción estilo Hollywood-soy-un-millonario. Poseía todos los clichés: columnas color marfil. Mármoles rosados, molduras y tejas italianas. Hasta el mayordomo en saco negro y pajarita esperaba en las escalinatas. Una mala película no hubiera logrado tanta desfachatez.

El mayordomo abrió la puerta de la mujer. Era un hombre bajito. Ligeramente calvo y con espejuelos. Oriental. Tenía las orejas separadas como las puertas de un auto abiertas.

—¿Cómo se encuentra el doctor, señor Mitchuzi?

—Estable, madame —respondió el mayordomo con fino acento. No inglés, ni japonés, ligeramente más salado. Indefinible.

El sacerdote se ajustó el traje al salir del auto. Siguió a su anfitriona por la puerta principal. Entraron a un salón enorme. Podrían construir un nuevo Rose Bowl adentro y quedaría espacio para un porta-aviones. Estaba decorado con muestras de toda la historia de la humanidad: voluptuosas mujeres gordas en piedra del mesozoico, armaduras japonesas, pinturas de mártires franceses, gobelinos eróticos del medioevo y coronando con un gigantesco Pollock que seguramente tendría el costo de todo lo anterior.

La señora Von Rayond se detuvo al centro, mirando la gran escalinata que subía a los cuartos superiores. El sacerdote notó que por sus venas pasaba esa sensación de perdición que encuentran los prisioneros capitales antes de morir.

—Señor Mitchuzi, lleve al padre Benjamín con el señor —ordenó la mujer sin mover un pestaña. Estaba petrificada en medio de su salón rodeado por los restos históricos de una raza basada en guerras y dioses.

El oriental se adelantó. Comenzó a ascender las escaleras con pasos cortos, como de ratón viejo. Se volvió al ver que no lo seguían.

—Por aquí, padre —indicó.

Subieron cada escalón dejando que el eco de sus pisadas rebotara por las antigüedades. Cada pieza los amplificó sonoramente.

—¿Es usted japonés? —preguntó estúpidamente el religioso, demostrando su nerviosismo. El mayordomo no volteó.

—Nací en Tampico, México. Mi familia fue encerrada durante la guerra en los campos de confinamiento, y luego transportada a Texas. Nunca fuimos traidores, pero se nos trató como tales.

La respuesta hizo sentir más incómodo al clérigo. Llegaron a un salón que parecía ser la sala de estar. No había un centímetro en las paredes que no tuviera libros. Olía a naftalina y humedad. El mayordomo Mitchuzi cruzó el espacio hasta una puerta a la que le habían acondicionado dos vigas que servían para contenerla. Quitó las piezas y abrió la puerta.

Una gélida ráfaga de aire congelado golpeó las mejillas del capellán. Sintió que el frío punzaba en sus poros.

—Está frío, cúbrase… —explicó Mitchuzi.

Adentro estaba la habitación casi vacía. Las dos ventanas habían sido cerradas con gruesas hojas de triplay y cobijas. Un catre flotaba al centro de la habitación. Cada tornillo de éste se enroscaba y desenroscaba en perfecta sincronía. El colchón, levantado tan sólo unos centímetros más que la base, se movía como si estuviera lleno de insectos. En éste, un hombre desnudo en una posición poco humana se retorcía cual reptil. La cara pasó por debajo de uno de los brazos que se aferraban al colchón. El rostro que emergió era afilado. Pelo blanco, sucio y grasoso. La lengua no cesaba de entrar y salir, olisqueando el ambiente como una serpiente. Los huesos crujieron cuando se doblaron hacia adentro. Al abrir los párpados, mostró unas enormes pupilas negras que abarcaban el ojo. Un vómito verde salió cual chorro de manguera. Cayó en la manga del hermoso traje robado al esposo Steven.

—¿Te gusta que te la chupe esa puta actriz pelirroja, Benjamín? ¿Te gustaría chuparle el suyo a mi esposa, puerco mentiroso? —gruñó el poseso. Una de sus manos comenzó a doblarse como si cada dedo estuviera roto. Los ruidos eran de cascabeles de madera—. ¿Y tú crees que tu Dios te va a perdonar tu lujuria, pecador? ¡Te condeno, Lubes Elbe!

El religioso dio otro paso hacia atrás. El mayordomo permanecía en su lugar.

—¿Qué es esto? —balbuceó aterrado mientras trataba de asimilar las palabras que se sintieron como una bola de nieve en su cara.

—Esto, padre, es el señor Von Rayond… —le respondió el oriental, levantando su ceja izquierda con una mueca sarcástica.

Media hora después del alucinante encuentro con lo que alguna vez fue el "verdadero Indiana Jones", el sacerdote Benjamín regresó a su parroquia. Durante todo el tránsito de Sunset Boulevar quedó el eco de las últimas palabras de esa elegante mujer mirándolo con unos ojos a punto de sucumbir: "¿Verdad que me va a ayudar, padre?". Desde luego, no le contestó. No podía contestar. Tenía todas las cartas erróneas en este juego donde él mismo había puesto las reglas. La primera era ser simplemente un hombre, con un gran vacío de fe, que jugaba a la religión. Si no tuviera su título de psicoanalista, quizás ya se hubiera suicidado inyectándose chocolate líquido. La segunda carta no era mejor. Su fama de haber salvado al hijo del productor lo perseguiría toda la vida; la última era toda una belleza. No hubo nunca ningún exorcismo. El muchacho había visto la película de *El exorcista* y se dedicó a copiarla en su afán de llamar la atención a sus padres en medio de una separación. Él, como psicoanalista, lo descubrió y mintió para poder seguir viendo a la madre, su amante. El niño se compuso con Ritalín y Litium. No había ni un milímetro de héroe en él, y lo más cercano que había estado a una posesión diabólica fue cuando descubrió el DVD de la película debajo de la cama del muchacho.

Por eso permaneció callado en la parte trasera del Jaguar. Ante todas sus mentiras, ahora estaba envuelto en una verdad que era tan volátil como mina explosiva en un campo de escuela.

Al llegar a su iglesia, pasó el resto del día encerrado en la oficina de la sacristía. Ni siquiera abrió cuando la religiosa insistió en sacarlo para que oficiara misa. La monja acribilló por varios minutos la puerta, explicando que varios fieles deseaban oír la ceremonia religiosa.

—Que se conviertan a la cienciología... —le respondió sin abrir.

Dejaron de molestarlo.

Durante esas horas, trató infructuosamente de comunicarse con el obispo. Estaba de viaje. Ya se lo habían dicho. No insistió más cuando, desesperado, llamó al Vaticano implorando que lo vocearan cual supermercado. Colgaron sin contestarle.

Al mismo tiempo, su celular no dejó de sonar. Había más de quince llamadas perdidas. Todas provenían del mismo número: Vanesa Greffen.

Mientras las horas pasaban, una botella de Jack Daniel's se esfumó en su garganta. La había comprado tras tomar el dinero de las limosnas. Otra nueva esperaba a su lado para terminar también en su estómago. Como botana consumió su ración de dolantina. Decía que eran sus caramelos de la felicidad. Cuando dieron las diez de la noche, decidió salir.

La parroquia estaba vacía. Algunas veladoras alumbraban el altar. El murmullo del tráfico del Highway 5 llenaba los espacios vacíos. Algún helicóptero sazonaba la noche. El sacerdote se fue balanceando con la botella en mano por todo el templo hasta sentarse en la primera fila. Bebió un poco. Se limpió del vómito con el traje sucio y miró la imagen de la virgen, que parecía observarlo con pena. El hombre no logró sostener la mirada. Se volteó para evitarla.

—Sólo soy humano, no me culpes... —se deslindó, luego brindó con la botella y gritó al aire—: Esto es un jodido infierno...

Estaba a punto de echarse uno de sus monólogos en voz alta con la imagen de Cristo, cuando el sonido de tacones altos retumbó por la capilla. Fueron tan sonoros y rítmicos que se escuchaban falsos. Como si fueran de una mujer irreal.

El religioso volteó. La muchacha ya estaba parada detrás de él. Pensó que era imposible que hubiera llegado tan rápido. Alzó la vista y se cruzó con una imagen que recordaría toda su vida: no podría tener más de dieciocho años. Su pelo dorado llegaba al hombro en un corte digno de pasarela de modas. Labios gruesos, carnosos, de melocotón a punto. Nariz pequeña. Vestía una elegante falda oscura, tan entallada y corta que era incómoda para cualquier hombre que estuviera cerca. Top color oro con circonios, que lo adornaban y formaban la palabra *Babe*. Botas altas de diseñador. De las que permanecían como anzuelo para turistas en la costosa tienda Prada. Tan elegantes que exudaban la tarjeta de crédito con las que las habían comprado. Lentes oscuros. Incorrectos para usarse de noche, pero divinamente *In*.

—*Dear,* la vida es corta y el infierno es eterno, haznos un favor a mí y a la virgen: no nos recetes tus quejas. Las mujeres estamos un poco hartas de oír el mismo discurso de los hombres, como si fueran Bambi buscando a su mamá —musitó con una voz que le recordó a Lauren Bacall, Marilyn Monroe y María Callas. Todas y ninguna.

—Vaya, una feligresa nocturna —balbuceó alcohólico el padre Benjamín.

La muchacha se sentó en la banca trasera. Cruzó la pierna. Le mostró su diminuto calzón en tela de encaje oscuro. Sacó de su bolso Gucci un encendedor de oro con alas de diamantes. Se llevó un largo cigarrillo a la boca, con la delicadeza de un colibrí bebiendo la miel de la flor. Lo encendió.

Con un gran suspiro expulsó el humo. Al sacerdote le supo a gomitas de dulce, helados domingueros y sexo en la playa.

—Para ser feligresa necesitas creer en algo. Te aseguro que allá afuera no hay nada en qué creer... Conocí los motivos de la vida para darse y extinguirse, y supe del envenenamiento que se contrae con ello. Y si quieres oír la verdad: como película, la vida es mala. Mucho argumento y pocos personajes.

El clérigo volteó. Había una amplia sonrisa en la chica. Podía asegurar que tal sonrisa se repetía en cada uno de los ojos cubiertos por las gafas oscuras.

—¿Perdón? —inquirió confuso. La muchacha le arrojó otra nube de humo de su cigarro. Esta vez le olió a cuero nuevo, a día lluvioso y a algodón de azúcar.

—Eres patético. Crees que eres único porque sufres en tu falta de fe y en tu deseo carnal: aburrido, muy aburrido. Eso es historia marchita. ¿No te gustaría darle una buena cogida a tu vida y cortarle los testículos al Diablo? —dijo con un acento de niña de Boston. De pronto, comenzó a hablarle en perfecto español de estudiante de universidad privada—: Si quieres quitarte ese estado ninfómano, pelea entre el sudor, la ropa mojada y la sangre recalentada. Es mejor que el sexo. A mí me sirve. Ayer me comí de una mordida el pene de un demonio...

La extraña belleza se levantó con el porte de una princesa. Alzó la cara para ver la imagen de la virgen, y se le iluminó. El sacerdote sintió que su rostro emanaba luz cual ser celestial. Abrió la boca admirado, y logró pronunciar:

—¿Qué debo hacer?

—Ve con el diablero. Él te ayudará... —dejó cada palabra como despedida. Se dio media vuelta, mostrando su espalda descubierta. Era hermosa. Se había mandado tatuar un par de alas de ángel en ella. Al sacerdote le costó trabajo distinguir que el dibujo era para simular y esconder las enormes cicatrices que tenía, como si la hubieran rebanado de cada lado. La protuberancia de un miembro cercenado, que podrían ser alas, aún quedaba en el lado derecho.

—¿Quién eres tú?¿Te mandó el obispo?

No contestó. Le entregó su tarjeta. Continuó su camino hacia la entrada de la capilla. El eco de los tacones lo acompañó en su marcha de novia saliendo del altar.

—Ojalá haya muertes. Me gustan los funerales, porque son una buena ocasión para usar medias negras —soltó como si dejara caer un pañuelo.

El religioso bajó su vista a la tarjeta. En letras doradas se leía "Kitty Satana". No había dirección, ni teléfono. Volteó la tarjeta. En la parte posterior habían escrito, con fina letra, en pluma fuente: "Elvis Infante. La Santísima".

El taxi dobló por una esquina, salió de la acogedora avenida para internarse en las calles del barrio, territorio ajeno a la imagen placentera de la ciudad. El conductor del taxi volteó:

—Ésta es la calle, patrón… —le dijo en español.

El sacerdote asomó su nariz por la ventana. Era un vecindario de casas bajas, sucio. No podía encontrar una pared sin grafiti. Todas estaban marcadas por los colores de odio racial y la lucha de pandillas. Una cafetería en la esquina anunciaba en español: "Desayunos con tamales y chilaquiles todo el día". Supuso que serían buenos, pues un grupo de hombres y mujeres se arremolinaban en la entrada esperando mesa. Iban rapados, con pantalones bombachos y camisetas. Las mujeres con minifaldas coloreadas y altos peinados.

—Déjame en el restaurante… —indicó el clérigo. El chofer volteó a verlo incrédulo. Su rostro fue el mismo que hubiera puesto si su pasaje hubiera sacado un revólver .33 y disparado en su nuca.

—Si desea suicidarse, un bote de pastillas es menos sangriento, compadre —tuvo que opinar. No era amante de la violencia innecesaria. El sacerdote le entregó un billete de veinte dólares. No respondió a su sarcasmo.

El taxi se detuvo a una palma del grupo de los latinos. La puerta se abrió y de ésta emergió el sacerdote vestido en una sudadera desgastada de la Universidad de Loyola, jeans viejos y tenis Converse. No era mala vestimenta para morir por pandillas en East Los Ángeles.

Los hombres del grupo voltearon a verlo. Sus tatuajes también. Inclusive un *piercing* le gruñó. Las mujeres levantaron las caras, las cejas y las nalgas. El güerito parecía un melocotón sabroso de comer. Durante un segundo se oyó quemarse la mecha de una pelea racial. La cara de perdido y la pregunta ayudaron a calmar el ambiente:

—Buenas tardes, ¿alguno sabe dónde se encuentra "La Santísima"? —les preguntó en un hermoso español de narrador de documentales. Su cabello le tapó los ojos. Lo acomodó, nervioso. Los hombres se miraron entre sí, las mujeres se mordieron un labio.

—¿A quién buscas, vato? —preguntó hoscamente uno del grupo con paliacate en la cabeza. Su novia no paraba de disfrutar el trasero bien marcado del extraño.

—Elvis Infante… —murmuró.

Paliacate rapado le sonrió. Hizo una señal de pandilla con los dedos. Con dos pasos se colocó a su lado. Le dio dos palmadas en la espalda, que le sacó el pulmón, el hígado y algún pedazo de carne entre los dientes.

—¡Épale, amigo! ¡Hubieras dicho que venías con Elvis! ¡Hey, raza! Apártenme una *table*. Regreso *in a moment* —les gritó. El resto de sus compañeros lo saludó con señales de sus dedos; retornó a su lugar en la fila en espera de un buen plato de chilaquiles. La muchacha no paraba de sonreírle al padre Benjamín. Trataba de dar una imagen de niña inocente y piruja barata al mismo tiempo. Ambas las conseguía bastante bien.

—Venga, compa. Lo llevo a La Santísima pa' que no lo moleste la raza... —le explicó Paliacate, mientras lo abrazaba y caminaba calle abajo. Atrás lo seguía su novia.

—¿Un trabajito?

No esperaba la pregunta. Volteó a ver al hombre. En su hombro llevaba tatuado un mariachi que tocaba la trompeta. En la nuca había un pequeño Demonio de Tazmania en tonos azules. En el otro brazo, un dragón chino con la leyenda: "Si me tocas, pico".

—¿Es bueno? —balbuceó para no comprometerse. La mujer silbó, y soltó una risa.

—Elvis es el mejor, primor. Le quitó el mal de ojo a mi cuñada. Sabe bailar danzón de lo lindo. Sólo porque no se deja, no ando con él.

A su alrededor el barrio burbujeaba el mediodía: los niños corrían en patineta. La música de una tienda de uñas postizas agobiaba el ambiente con canciones de La Sonora Santanera; y el olor a fritangas rellenaba los huecos. Había en ese lugar más vida que en todos los montes de Pasadena.

Llegaron a la mitad de la calle. Había un lote rodeado por una malla. Adentro contenía juegos infantiles, una cancha de basquetbol y un gimnasio al aire libre. Las tres áreas estaban llenas. Los críos jugaban entre las resbaladillas esculcándose las narices y dejando pedazos de rodillas en el pavimento. Al mismo tiempo, egocéntricos físico-culturistas levantaban pesas hechas con botes rellenos de cemento y un tubo. Presumían entre ellos sus bíceps y sus tarjetas de descuento de GNC. En la cancha, un grupo peleaba el balón con otro. Reían y se maldecían con sarcásticos apodos.

Junto al patio, una tienda. El letrero decía "La Santísima". A su lado un corazón sangrante. Seguramente extraído de alguna imagen religiosa. Era llamativo. Se prendía y apagaba con la luz de neón como una anguila agonizante. En el aparador había una colección poco común: una gran imagen de madera de la virgen de Guadalupe, cirios negros, una escultura en piedra de la Santa Muerte, libros de santería, dijes religiosos, estampas carcomidas por el sol y un par de botellas alargadas que se anunciaban como "Chínguere Los diablitos. Original de ángel 100%". Un letrero en cartulina con letras escritas a mano explicaba: "Aquí se arreglan cosas. Si quieres milagros, cuesta más caro".

—La Santísima, compadre. Dile al Elvis que me debe una —le indicó Paliacate al aventarlo hacia la puerta. Tenía un letrero que anunciaba: abierto. Se veía viejo como la declaración de Independencia.

—¡Apachurro, primor! —le susurró la novia del pandillero. Paliacate la jaló hacia él. Los dos se fueron caminando de regreso a su almuerzo.

Tras conseguir un poco de cordura, el padre Benjamín abrió la puerta del local. Unas campanillas que colgaban de la puerta sonaron, avisando la llegada de un posible cliente. El tufo de humedad, incienso y comida rancia lo golpeó en la cara. Al entrar a la oscuridad de la tienda permaneció ciego por unos segundos. Varios inciensos se consumían, haraganes. El interior era la extensión del aparador. Había tal colección de imágenes y olores que se sintió mareado.

Un gato negro al que le faltaba un ojo hacía guardia al lado de la puerta. Maulló al ver al recién llegado. Detrás de un vano dividido con una cortina de cuentas y caracoles salió una mujer. Era bajita, morena. Su pelo estaba confinado en una gran cola de caballo. La pintura de los ojos era excesiva. Uno se sentía tentado a decirlo, pero se movía con tanta seguridad que nadie lo hacía. Se paró frente al religioso. Lo examinó con calma. Lo degustó, y de bienvenida le ofreció una coqueta sonrisa.

—El teléfono no sirve —dijo divertida en su inglés con acento latino.

—No… —tuvo que explicar de inmediato. Se quedó callado para conectar su cerebro al español aprendido en la Universidad de Salamanca—. Estoy buscando al señor Elvis Infante.

La mujer se quedó quieta. Sólo su ceja se fue levantando poco a poco, como si un gato hidráulico hiciera el trabajo. La sonrisa no desaparecía.

—Pinche Elvis, no me dijo que conocía a un guapo como tú.

—¿Está su esposo aquí? —preguntó Benjamín mientras se arreglaba el pelo. Ella le contestó con una gran carcajada.

—¡Qué va! ¡Elvis no está casado conmigo, vato! Soy su cuñada. Me llamo Dolores —le ofreció la mano. Se saludaron. Ella lo acarició con las yemas de sus dedos—. Está afuera, jugando en el patio.

Cuando la pelota entró en la canasta, el sacerdote reconoció quién era Elvis Infante. No le impresionó. Tampoco parecía insignificante, pues no lo era. Más bien lo vio demasiado terrenal para ser su salvación: no llevaba playera. Enseñaba un cuerpo musculoso, pero menudo. Libre de tatuajes. Sólo colgaban de su cuello la cruz de granate con plata y las tabletas de identificación del ejército. Su pelo estaba cortado casi a rape, con una ligera remembranza militar. Estaba tratando de dejarse una barba de candado. No parecía tener éxito.

Se acercó hasta el clérigo con la mano extendida, mostrando sus dos dientes de oro. La mano permaneció un rato así, mientras se secaba el sudor con una toalla. Benjamín seguía observándolo. Tuvo el deseo de no saludarlo y regresar a su Jack Daniel's con dolantina.

—¡Qué paso, vato! ¡Mucho gusto! —insistió con una voz alegre. Ese timbre de voz fue el que lo hizo cambiar de opinión. Era la voz de alguien que sabía qué hacía. Y eso escasea en la actualidad.

—Mucho gusto, Infante. Me han recomendado su trabajo —saludó en español. Elvis lo abrazó. No pareció importarle que estuviera sudoroso.

—Lo que mandes y gustes, compadre. ¿Quieres una limpia? Tú di rana, pon los dólares, y yo brinco —le dijo al conducirlo a la tienda. Antes de introducirse por la puerta trasera, Benjamín volteó para cerciorarse de que no era seguido.

De nuevo, el cambio de luz a oscuridad lo dejó ciego por unos segundos. —Toma asiento y platícame.

La trastienda era una gran bodega de artefactos más extraños aun que los que tenía en venta en la parte frontal. Esta parecía parte de una colección privada. Había cajas de madera con complicados diseños geométricos; baúles con letras en metal y cadenas que los aseguraban; pedazos de pared con mosaicos que parecían moverse como insectos, cambiaban el diseño; lanzas con huesos colgando, humanos quizás; cuchillos árabes que goteaban continuamente sangre; pergaminos enrollados que murmuraban magia; gárgolas inquietas de romper su cascarón de piedra; retablos de vírgenes violados con sangre; escudos en madera que despedían calor; muñecos de Elvis Presley en plástico que no cesaban de bailar; máscaras de luchadores mexicanos que hablaban por sí solas; animales desconocidos disecados y una imposible escultura del payaso Ronald Mc-Donald a la que le había colgado un letrero: "No acercarse. Muerde".

Elvis Infante caminó por la bodega. A su paso, un par de criaturas se escondió entre los estantes. Podrían haber sido ratones. El sacerdote lo dudaba. Aseguraba que una era gorda como sapo, pero cubierto de escamas rosas. La otra delgada cual dragón chino, pero con plumas verdes. Entre las cajas se oyó claramente con voz infantil en español:

—Eres un pito caliente. Te coges a una mujer casada, falso predicador...

Luego, uno de ellos comenzó a silbar, mientras el otro cantaba:

—*No tengo trono ni reina... pero sigo siendo el rey...* —terminaron con risas muy poco humanas. Era el sonido de algo apenas animal, algo retorcido. Elvis Infante dio varios golpes a las cajas. Los ruidos desaparecieron.

—No les haga caso. Son un par de alebrijes que se quedaron de un cargamento. Nunca he podido atraparlos de nuevo, pero no desean irse de aquí. Parece que les gustó. Son bravos, casi le arrancan el ojo a Satanás.

—¿Satanás? —cuestionó el pastor, intrigado por todo a su alrededor.

—El gato negro de mi cuñada. Ya no se pelean, creo que hasta duermen juntos. No los escuches, sólo desean molestar...

Infante llegó a un pequeño escritorio con pilas de papeles, recortes, documentos, mapas, planos de ciudades y estuches de DVD. A su lado había un pequeño refrigerador que hacía más ruido que el aire acondicionado de un aeropuerto. Extrajo dos latas de cerveza Sol.

—¿Cerveza fría?

Entregó una al sacerdote y se desplomó en el asiento. Benjamín se acurrucó en un roído sillón al que se le salían los resortes.

—No tiene que ver con su tienda. Es… —comenzó el sacerdote. Miró la lata de cerveza en búsqueda de palabras. No encontró muchas. Sólo las que ya conocía—: me dijeron que podía ayudarme en una posesión satánica.

El padre Benjamín alzó la vista. Elvis Infante había guardado su cara jovial. Apareció un rostro duro. Ejército, prisión y muerte.

—Si esto es una broma, voy a pedirte que vayas a chingar a tu madre —exclamó puntualizando cada palabra. Bebió media lata de cerveza de un jalón. Se levantó. Tomó del escritorio una playera de los Padres de San Diego y se la abotonó. El sacerdote no lo vio a los ojos. Continuaba buscando respuestas en una lata de cerveza.

—Esto es una locura. Lo siento, no debí venir —se disculpó, y dejó su bebida a un lado

—No, no es una locura si es verdad. El Diablo no juega, amigo.

El sacerdote volteó a ver a Elvis Infante. Algo le decía que haría mal si se iba. Buscó una señal de Dios o del Demonio. A fin de cuentas, los dos eran parte de la misma empresa. A un lado del escritorio había tres cuadros. La foto de un batallón militar parecía reciente. Irak o Afganistán. Cerca, un par de medallas. Una era el corazón púrpura. El tercer cuadro era la foto de un calvo que abrazaba a Infante. Ambos vestían camisas hawaianas. Traían gorro de fiesta y botellas de champagne. Estaban parados junto a un letrero luminoso que decía: "Georgia. 2001".

Esculcó con la vista los papeles del escritorio. En un libro abierto leyó la palabra que le dijo el demonio que poseía a

Van Rayol: "Bubesz Leb". Se dio cuenta de que lo había leído al revés. En verdad decía Belzebú. Ésa era la señal.

—Seré franco. No quiero preguntas. No diré mi nombre, ni lo que hago. Lo que oigas y veas, será confidencial. Sólo deseo que me ayudes a tratar a un paciente que dice ser poseído por un demonio —soltó como si lo hubiera guardado en su buche. Infante lo miró tomando su distancia.

—Costará caro. Si es un demonio real, yo me quedo con él. Quiero que quede eso claro. Yo no pregunto, pero tú haces lo que yo diga. ¿Nos entendemos, míster Mistery?

—Estamos hablando de negocios ya… —se sintió seguro Benjamín. Como si ese latino fuera un viejo camarada—. ¿Te lo quedas?

—El demonio es mío. Nada de que después lo vendes. Yo lo capturo, yo me lo quedo. Tú sólo lo quieres fuera del receptor. No te interesa lo que haga con él, ¿entiendes?

—Perfecto.

Los dos se miraron. Hubo el incómodo silencio de los recién conocidos. Infante tomó su lata de cerveza y la levantó para brindar.

—Trato hecho, míster Mistery.

El sacerdote hizo lo mismo. Los dos bebieron de golpe sus cervezas. Al unísono dejaron escapar un eructo. Sonrieron.

VII
Mi nombre es Legión

"Dios no habría alcanzado nunca
al gran público sin ayuda del Diablo."
Jean Cocteau

Cuatro años y ocho meses antes

15-01-2002, 12:24 PM
50 Reported Killed in Afghan Bombing
By REUETERS-Co.
Published: January 12, 2002
Filed at 10:22 AM ET

MAZAR-I-SHARIF, Afganistán (Reueters)—. Un ataque suicida en las montañas de Tora Bora, cerca del poblado de Hadda-Kot, mató a cincuenta personas al norte de Afganistán este jueves, comunicó un representante del ejército americano, remarcando que se trató del mayor número de bajas en un ataque desde el comienzo de la guerra en octubre del 2001.

Dos oficiales y diez soldados del 82nd Airborne Task Force Devil fueron encontrados muertos entre el grupo de civiles. El resto de los fallecidos son mujeres o niños. "Tenemos reportadas cuando menos cincuenta personas, pero aún hay cuerpos desmembrados en la zona y algunos fueron recogidos por sus parientes", informó el jefe de seguridad Abhud Haddad a los periodistas.

Al parecer, el ataque fue con detonaciones incendiarias, aunque no se han encontrado indicios de éstas. La labor de rescate de los cuerpos se ha complicado debido al gran fuego que consumió la totalidad de la ciudad. Sin ser una versión oficial, se habla de que un prisionero, atrapado durante la operación en las cavernas aledañas al pueblo, tenía una bomba en su poder y la hizo detonar cuando llegó al campamento de los soldados.

"Vi mucha gente tirada en las calles y algunos sobrevivientes robaban el armamento de los soldados muertos. Los niños gritaban por ayuda mientras se desangraban por los miembros arrancados. Fue como una pesadilla", explicó una residente local: Jalifah Rahim. Ella dijo que el fuego mató a su sobrino, un muchacho con problemas mentales a quien mantenían encerrado cerca del campamento.

El capitán de la Task Force Red Devils, Eliah Potocky, fue destrozado. Su cabeza, hallada a más de cien metros del resto de su cuerpo. El oficial era un héroe de guerra; había sido galardonado por valentía y servicio a su país durante la guerra del Golfo y en operaciones en Bosnia, Somalia, Etiopía y Uganda. Le sobreviven su esposa y dos hijos. Su cuerpo será llevado a los Estados Unidos donde se efectuará el entierro con honores en un cementerio local de su pueblo natal.

Antes de este ataque suicida, los extremistas del Talibán habían matado a más de cien personas en pro de expulsar las 50 000 tropas extranjeras que han invadido el país. Aunque la guerra parece llegar a su fin, ciertas fracciones extremas de Al-Qaeda continúan escondidas en la red de túneles de las montañas.

"El presidente ha ordenado al secretario de Defensa mandar ayuda a los sobrevivientes y hacer una investigación de los sucesos", explicó el vocero de la Casa Blanca. Al mismo tiempo, el vicepresidente envió condolencias a los parientes de los difuntos y ordenó otorgar a varios oficiales sobrevivientes la cruz púrpura por su valentía.

————— Original Message —————
From: General Ivanof Lethaniff
To: Mr Simon Belafonte. Vice-Executive Secretary of Defense
Sent: Saturday, February 22, 2002, 5:12 PM
Subject: Confidencial News

Mr. Belafonte:
Antes que nada deseo mandarle mi más sentido pésame por el fallecimiento de nuestro amigo, el capitán Potocky. Desde el principio que me explicó su alocada idea de ir tras Ahriman, pensé que no lo volvería a ver de nuevo. Aún así, los dos sabemos que su personalidad alegre y socarrona quedará en la memoria de todos los que lo conocimos, en especial los del Cónclave. Algunos jugadores japoneses me han preguntado si hay una fundación para donar algo a su familia.

Pasando a temas más mundanos e importantes, debo recordarle la importancia de borrar cualquier relación, documento, correo electrónico y objeto que ligue al capitán con el Cónclave. Los últimos reportajes en CNN y la BBC están llegando muy cerca. Pueden causar un daño irreparable. Es momento de guardar las apariencias y vernos como patriotas de cada parte. Por favor, haga su trabajo. Evítenos mandar a alguien a hacerlo, ya suficientes problemas tenemos con el cambio de nuestros líderes como para estar ocupándonos de sutilezas incómodas.

Me despido de usted, no sin avisarle que me he tomado la libertad de mandar algunos obsequios a los familiares del capitán.

Me gustaría informarle también que algunos miembros no se sienten seguros con una carta marcada, como el cabo Elvis Infante. En especial el cardenal.

El obispo Puguelli de California recomendó que si lo dejamos libre podría funcionar como un *joker* en una buena mano de naipes. Estoy de acuerdo con él. Consideramos que ha visto demasiado para mantenerlo adentro y es muy impulsivo para tomar el lugar del capitán. Recomendamos su remoción. Considérelo como parte del concepto capitalista que tanto hablan en sus discursos: volverlo un agente libre para que se ofrezca al mejor postor. Será una movida excepcional. Bajaremos riesgos dentro del Cónclave al usar *freelances*. Bajos costos nos redituarán. Lo hemos comprobado con cazadores de ángeles en Egipto, México e Italia. Le recuerdo el caso del Ángel Protector y Kitty Satana.

Sin más por el momento, me despido con un fuerte abrazo. Salúdeme al general Powell.

Atentamente,
General Ivanof Lethaniff

P.D: Encárguense de borrar al mexicano que escribió el libro *Kerumin*. Un asalto es algo común en la Ciudad de México.

VIII
DEMONIOS PERSONALES

"La conciencia tranquila es un invento del Diablo."
Albert Schweitzer

Un año antes
(continuación)

Quedaron de verse en la cafetería Starbucks. Elvis Infante entró al local con aplomo, sin importarle que resaltaba como frijol en el arroz. Vestía una gastada chaqueta militar en camuflaje de desierto. Aún traía su rango y nombre al frente. La usaba abierta, mostrando una entallada camiseta sin mangas. En ella se leía "Se habla español". Ésta le arrancó una sonrisa al sacerdote. El resto era lo típico del diablero: botas militares, pantalones bombachos y una gorra de beisbolista de la cerveza Huff. Caminó hasta la barra, donde atendía Pelo Cereza. Coqueteó con ella un rato. Ésta lo despreció notoriamente. Ya con un vaso de café del tamaño de un carro-revolvedora, se paró a un lado del sacerdote.

—Vámonos, míster Mistery… —dijo al darle la espalda. Antes de salir, le mandó un beso a Pelo Cereza, ésta levantó el dedo y gruñó:

—¡*Greaser!*

En el exterior, el sacerdote siguió a Infante, que cruzó la plancha del estacionamiento con pasos largos y firmes. Bebía de vez en cuando de su vaso, maldecía por lo caliente que estaba. En su cara no había ningún resentimiento que respondiera a haber sido insultado por la mujer.

—¿No te importa lo que dijo? —preguntó Benjamín.

—¿Speddy González?, ¿taco?, ¿*mexican bean*?... ¿Cuál descripción me gané el día de hoy? —cuestionó mientras llegaba a su automóvil rojo arreglado. Fue cuando el clérigo vio por primera vez el llamativo transporte del diablero: el Chevy 74, rojo metálico. Achaparrado, equipado y remodelado como nave espacial chicana. La figura de plástico de la caricatura de Cantinflas, vestido de diablo, miraba al frente desde el cofre. Debajo de éste, en letras góticas: "El diablo me obligó".

—Te dijo *greaser*... —murmuró apenado el hombre, quien cerró su chamarra de pana vieja y manchada.

—Ése es bueno. Quiere decir que en secreto me desea. Luego vendré a pedirle una cita. Me gustó su pelo color sangre. ¿A ti no te gustó la chamaca, míster Mistery? —respondió al introducirse en el automóvil. Colocó su café en la rejilla especial. El sacerdote entró por la otra puerta. Al sentarse, pudo oler el fuerte aromatizante a vainilla. Los asientos eran afelpados. Carmesíes.

—Es bonita la muchacha.

Elvis volteó a verlo, divertido. Lo imitó con su voz gangosa, de marcado acento americano. Encendió el auto. El rugido resonó como un dragón que despierta. Una pesada nube azul salió del escape.

—Olvídalo, compadre. Habla inglés. Siento que estoy teniendo una discusión con una máquina producida en china. Todas hablan español como tú —le explicó en inglés sin su acento latino. Usó la voz que empleaba en el ejército. Luego, para mostrar su lado juguetón, continuó en español—: Suenas encabronadamente de hueva, míster Mistery.

El automóvil salió disparado a setenta millas por la avenida. El clérigo se aferró a su asiento como si estuviera en una montaña rusa o en una misión a Júpiter. Esperó que un policía cruzara por la zona. Como de costumbre, no apareció cuando lo necesitaban. Elvis era un gran piloto. Loco y arriesgado. Pero no se le podía quitar la calidad. De primera.

—¿A Bel Air, míster Mistery?

—Por favor, puedes decirme señor, amigo o…

—Pedazo de mierda, basura blanca, pito rosa o maricón comemierda. Te puedo decir cualquier cosa que yo quiera. No tienes nombre. Tengo que escoger uno para llamarte. Cállate y ponte el cinturón —manifestó sin voltear a verlo.

Ante la contundente explicación, el sacerdote se acurrucó en el asiento y sacó el frasco de demerol para tomar una pastilla.

No lo había abierto cuando la mano de Elvis se lo arrebató. Volteó a verlo, incrédulo.

—¿Qué es esta mierda?

—Dolantina. Es un analgésico que actúa como depresor del sistema nervioso central. Calma el dolor. Es controlada… —explicó. Lo que no aclaró es que él mismo se la recetaba, que era adictiva, y que ya había pasado por dos ataques de abstinencia ese año cuando trató de dejarla. Como sacerdote, era muy malo confesándose.

Elvis la olfateó en su característico gesto de sabueso. Abrió la ventana y la arrojó a la calle.

—No quiero esta mierda mientras trabajamos. Si vuelves a traer una de tus porquerías, te saco de mi auto, ¿entendido, señor Demerol?

No contestó. Posó su vista al frente. Comenzó a sudar de sólo pensar que no podría tomar su dosis. Infante gruñó y prendió la radio, puso un CD. Era la banda de Los Lobos. El sacerdote los reconoció, fue a verlos en un concierto privado en el House of Blues de Beverly Hills en la fiesta de cumpleaños que dio el famoso productor. Parte del tiempo oyó las canciones del grupo angelino y otra parte vio las nalgas de su amante.

—Las drogas matan, *men*.

—No necesitas sermonearme, Infante —respondió molesto el clérigo.

—No me refiero a esa mamada de que deshacen tu cerebro. Yo fumé más hierba verde que toda la Amazona en mi juventud. No estoy tan jodido como dicen. Vivo, trago, cago y trabajo para pagar impuestos. Esa mierda es sólo un invento creado por un puto racista llamado Harry Anslinger. Me refiero a que por conseguirlas, comprarlas o manejar con ellas terminarás muerto.

—¿Anslinger?

—En tiempos de la prohibición lo colocaron en la oficina de drogas. Inventó que la "grasa" hacía delincuentes a los niños mexicanos y que la coca violentaba a los negros… Mierda del sur. Las drogas son malas porque están prohibidas, no por consumirlas. Un policía, una banda o un jodido *junkie* terminarán metiéndote una .33 por tomarlas.

Silencio. El hombre del traje lo miró. Infante no volteó, se veía como un líder sindical que acababa de sacar su verborrea para lanzarse a la huelga. Era consistente. Daba seguridad, como un entrenador de béisbol que acosaba a sus jugadores.

—Lo entiendo.

—Entonces estamos en el mismo canal, míster Demerol. Eso me gusta —puso su puño cerrado al frente. El pastor hizo lo suyo y chocaron las manos.

—Es aquí, en la casa con reja eléctrica —indicó el sacerdote. Había cruzado el Highway 5, pasando por la crema y nata de las casas de los personajes del espectáculo en Beverly Hills. Se encontraban en la culebra que alguien llamó Sunset Boulevar, en el corazón de Bel Air. El otro lado de la moneda del barrio.

—No me dijiste que era de cuello blanco nuestro cliente. Debí cobrarte un precio más alto —pensó en voz alta Elvis.

Su auto se detuvo en la puerta. Los rayos del sol californiano se escapaban de las ramas entre los frondosos árboles que escoltaban el acceso a la mansión. Un intercomunicador daba la cara a la calle. Su rostro electrónico preguntó:

—¿Quién es?

—Busco a la señora Von Rayond. Tengo una cita con ella —respondió el religioso al encontrarse con Elvis para alcanzar el intercomunicador. No hubo respuesta. Sólo la puerta se abrió como un goloso gigante que se tragaba el auto carmesí.

Elvis estacionó su auto al lado del Jaguar. La casa esperaba en silencio. Un aire gélido comenzó a sacudir las copas de los árboles, como si los espíritus de la Tierra se agitaran ante la presencia de los dos hombres. Olía a pescado podrido. Elvis sabía que era el mismo aroma que descubrió en una choza en las montañas de Asia años atrás.

En la escalinata lo esperaba el mayordomo oriental. Vestido en traje sastre. Todo blanco, inclusive los zapatos de charol. Sus manos las mantenía cruzadas hacia atrás, en una posición ridículamente perfecta.

—La señora Von Rayond está hospedándose con su hermana en San Fernando. Me ha pedido que me ponga a sus órdenes —explicó el hombre, sin saludarlos. Se dio media vuelta y se perdió en la puerta de la casa.

—Seguro que no le dejaré propina a ese mesero, vato —comentó Infante abriendo la cajuela de su auto para sacar una gran mochila. Se la colocó en la espalda. Siguió al japonés.

El clérigo se mantuvo unos minutos en el patio. Solo, buscando fuerza en una fe que ya no existía.

Al ver que la ausencia de esperanza religiosa no ayudaba para ahuyentar el miedo, decidió seguir el camino del diablero y entró a la casa. Algunas cosas estaban ya empacadas en cajas. El cuadro de Pollock lo habían embalado en una caja de madera. Olía a mudanza.

—¿Se van?

—Para serle franco, señor, madame Von Rayond está desahuciada de falsas promesas con respecto al amo Von Rayond. Piensa que internarlo en un hospital psiquiátrico es la mejor opción. Quizás opina que esta casa es muy grande para ella.

Elvis caminaba lentamente husmeando el lugar, como un sabueso que olisquea las esquinas a fin de encontrar el lugar correcto para orinar. No soltaba su bolso, al contrario, lo aferraba con más fuerza.

—No entiendo, entonces ¿para qué me habló? —cuestionó incrédulo Benjamín al subir las escaleras detrás del mayordomo Mitzuchi. Éste no había despegado sus manos de la parte de atrás en ningún momento; si las hubiera tenido amarradas hubiera hecho más movimientos en ellas.

—No lo sé. Quizás porque es usted su última esperanza... —respondió seriamente.

—Como la princesa en *Star Wars* —completó Elvis, sonriéndoles. Alzó los hombros ante la cara de admiración de los dos hombres y completó—: Ya saben, "usted es nuestra última esperanza, Obi Wan Kenobi".

No hubo reacción en ninguno. Elvis no le dio importancia, estaba acostumbrado a ellos. Pensaba que los encontraba en todas partes. No todos son fieles a la santa trilogía, ni amaban el universo de George Lucas. Se podía vivir con eso.

Llegaron hasta la habitación. Mitchuzi abrió la puerta. A diferencia de la última vez, no había caos. Sólo oscuridad y frío, mucho frío. Una corriente con aguanieve golpeó sus caras. La cama sin sábanas descansaba al centro de la habitación. En ella estaba amarrado con correas un hombre todo huesos, delgado y decrépito. El colchón hedía a las heces y orines de quien descansaba en él. Su miembro flácido caía hacia un lado de la cadera como una serpiente dormida. El hombre roncaba, hacía ruidosos sonidos guturales. Habían forrado todo el cuarto con plástico transparente. Inclusive la lámpara, dándole una sensación de habitar una enorme bolsa de Wal-Mart. Parte de los plásticos estaban manchados con restos de sangre y vómito.

—¡Épale compadre! Esto no se ve nada bien —dejó escapar Elvis. Soltó su mochila y rebuscó algo. Ni siquiera esperó reacciones. Salieron varias veladoras que volaron a las manos de Benjamín. Luego sacó una caja de metal con tizas de varios colores, a su lado diversas imágenes religiosas de san Judas Tadeo y san Pedro.

—Señor Demerol, ¡*quick!* Prende una veladora en cada extremo de la cama. Vamos a encerrarlo antes de que despierte.

El sacerdote se quedó parado un tiempo, imposibilitado de moverse por miedo y sorpresa. Pasaron varios segundos. Elvis terminó de hurgar en su maleta y volvió el rostro lentamente para encontrarse con el hombre de pie, quien no había siquiera pestañeado.

—¡*Fuck!* Rápido… —gritó con el mismo tono que cuando estaba en el ejército. Eso sirvió para que diera un salto Benjamín y empezara a disponer las velas como le pidieron. Luego retornó a buscar en su mochila. Al encontrar la libreta gastada que algún día le perteneció a un canadiense que al parecer sí amaba *Star Wars*, se levantó. Su mirada se cruzó con la del japonés. Éste tampoco se había movido, pero sus razones eran otras: tan sólo esperaba y miraba.

—¿Me ves algo, enano? *Are you talking to me?* —le restregó en su mejor personificación de Robert De Niro en *Taxi Driver*. El oriental mantuvo la mirada y, sin más, salió del cuarto como si fuera un mesero al que le pidieron el menú de la cena.

—¡Está listo! —gritó el padre. Se quitó el saco y lo dobló. No deseaba ensuciarlo. Era del esposo de su amante. Significaba demasiado pensar en eso como para todavía explicar los restos de comida. Elvis revisó las candelas que ya alumbraban la recámara. El hombre continuaba dormido. Un hilo de baba escurría por su boca. Sus ojos cerrados se movían alocadamente debajo de los párpados, y los hacía saltar. Elvis comenzó a trazar un círculo alrededor de la cama.

—¿No vas a comenzar con el ritual del exorcismo? —tuvo que cuestionar el religioso. Elvis continuó trabajando.

—Debemos protegernos. No deseo que eso nos acribille —al decirlo, terminó el trazo y se levantó. Tomó la libreta y comenzó a buscar los ritos arrancados de páginas de la Biblia gnóstica. Textos más antiguos que los papiros encontrados en el mar Muerto. Cada vez que pronunciaba una palabra, la temperatura parecía bajar más y más. Benjamín comenzó a sobarse los brazos. Al ver cómo se empezaba a escarchar el piso cubierto del plástico y su respiración emanaba un aliento de vapor, supo que estaban bajo cero. Pero fue la única manifestación. No hubo pirotecnia. Ni siquiera un petardo. Sólo eso. Elvis terminó el ritual. Cerró la libreta y dio un paso para mirar al hombre, que dormitaba. Benjamín se acercó a él, los dos veían su pecho subir y bajar. No había ninguna deidad manifestada, simplemente alguien había bajado la temperatura del aire acondicionado.

—¿Esto es normal? —preguntó Benjamín. Elvis estaba consternado. Iba a contestarle en forma negativa cuando todo se volvió locura: el hombre abrió su boca en una mueca anatómicamente incorrecta. De ella emanaron cientos de moscas, miles. Su pecho se movía como un costal de gatos que peleaban. Sus brazos arrancaron las correas que lo apresaban. Como un avión de combate, surcó la habitación flotando hasta el sacerdote, arremetió con los puños como un ariete medieval. El religioso fue arrastrado por el piso con tanta fuerza que rompió su camisa. El hombre desnudo se plantó sobre él. Se doblaron las piernas y manos hacia atrás, caminaba a cuatro patas con el pecho y torso desnudo al frente. Las moscas cubrieron el cuarto, formando una neblina de bichos que impedía ver a Elvis. El ser de cuatro patas se aferró a Benjamín, derribado, y volteando la cabeza en medio círculo abrió la boca para clavarla en el hombro del sacerdote. Los dientes rasgaron la carne y un borbotón de sangre salpicó el plástico. Elvis tuvo el ridículo pensamiento de que al menos no mancharía el piso por estar cubierto. Quien lo había colocado sabía que así estaría protegido.

Los gritos de Benjamín pidiendo ayuda eran desgarradores, parecían femeninos. Demasiado agudos para provenir de un hombre tan bien agraciado. Infante luchó con las moscas que se arremolinaban en su cara. Tomó un termo de café de la mochila. Lo abrió. Trató de correr para socorrer a su cliente, su hombro seguía bajo los dientes del hombre volteado. Las moscas le paraban el paso, eran tantas como moverse entre arena. Algunas entraron por su boca y nariz. Antes de ser derribado, logró arrojar el contenido del termo. El agua bendita salpicó todo. También el pecho de la criatura que burbujeó como si fuera ácido. El ser dio un alarido y soltó al predicador. Se sacudió en el piso como animal herido y luego huyó trepando por la pared, en franco desafío ante cualquier ley de gravedad.

—¿Te encuentras bien? —preguntó Elvis al incorporarse, luego llegó hasta su compañero. Benjamín trataba de detener la hemorragia de su herida con la mano, pero la sangre se escurría tercamente entre sus dedos.

—¡El maldito me mordió! ¡Me arrancó el pedazo!

—No es grave —comentó Elvis mientras volteaba para encontrarlo. Al parecer estaba acurrucado en la esquina superior del cuarto. Las moscas zumbaban a su alrededor como si fuera una suculenta bolsa de basura con fruta y carne podrida.

—¡Se me va a infectar! ¡Me voy a convertir, como él! —vociferó Benjamín.

—¡*Oh, shut up!* Eso sólo pasa con los hombres lobos o los zombies —corrigió Elvis, quien se incorporó tomando su cruz de granate en la mano y abrió su libreta para rezar el *Vade retro Satana* en voz alta. Lentamente se aproximaba a la criatura que continuaba en el techo. Las piernas y brazos se doblaban sobre su torso herido por el agua bendita; cual felino, se lamía las cicatrices. La cara no descansaba, se descomponía en muecas. Algunas veces una enorme lengua emergía y remojaba los ojos desorbitados del poseído.

—Te freiré, Infante… Me voy a comer tu pito achicharrado y clavado en una vara. Tal como lo hice con tu calvo amigo polaco —se escuchó entre los quejidos del ser. Elvis se detuvo en seco.

—No lo conociste. Murió en el fuego.

—¡Puto! ¡Claro que recuerdas la imagen de cuando Angra Mainyu lo devoró entre flamas! Yo estaba ahí, orinándome en su tumba —rechifló entre sonidos discordantes. Elvis sintió que la memoria jugaba con su cerebro. Recordó ver a ese ser enorme, ese titán, el primer Diablo en el mundo, emerger de entre las cavernas para devorar todo a su paso. Recordó el olor a viejo, de tiempos anteriores a que el hombre caminara en la tierra.

—Te voy a joder, tú lo sabes —lo retó Elvis dando un paso adelante. La criatura se fue acurrucando, las moscas dejaron de volar y se posaron para cubrirlo. Al poco rato sólo era una mancha negra en la esquina superior del cuarto, como un escalofriante panal de avispas. Benjamín continuaba quejándose en el piso.

—¿Dónde está ese enano? —gritó con odio Elvis. Salió de la habitación y azotó la puerta. Los puños cerrados parecían dos marros en cada mano. En la casa resonaron los ruidos con eco. Al oír la voz del japonés a lo lejos, corrió en pos de ella hacia otra habitación. En ésta encontró a Mitchuzi hablando por teléfono, quien al verlo abrió los ojos y logró algo imposible: que parecieran grandes. El puño se clavó en medio de éstos. El mayordomo se desplomó como un saco de naranjas.

—*Fuckin* amarillo, protegiste todo el cuarto con el plástico para que no funcionaran mis pases. Le creaste un nido, un santuario.

Observó el teléfono. Estaba descolgado. Levantó el auricular. Las risas en el otro extremo eran bastante conocidas para él. Tenían como dueño a un haitiano de dientes de oro, y el peinado afro más grande que había conocido.

—¿Te gustó la sorpresa, Infante? —preguntó ése que recordaba como un traicionero, un mercenario. Se decía diablero, pero era un ladrón.

—Trou Macaq, *sonofabitch*…

—Elvis, no metas tus narices donde no te llaman. Esto es algo que no te incumbe. Te voy a regalar un consejo *chery*, esto es un problema interno del Cónclave —le dijo el hombre con tranquilidad. Infante olió el pescado podrido desde la línea del teléfono. El diablero haitiano sólo se embarraba de pestilencia. Nunca lo vería en algún negocio relacionado con lo legal, correcto o limpio.

—No me voy a ir. Fui contratado para atrapar a ese cabrón y me gusta que los clientes queden satisfechos.

—Infante, lárgate.

—Nos vemos en el infierno… —le respondió y colgó el teléfono. Los quejidos del mayordomo comenzaron a llenar el silencio del cuarto. Elvis estaba seguro de que ese japonés iba a hablar largo y tendido.

—Creo que necesito curarme —balbuceó el párroco.

El sacerdote entró a la tienda tratando de tapar su herida. Era una droguería que se encontraba a un par de calles de la mansión de los Van Rayon, lejos de la zona residencial; sus luces neón competían con las de una vinatería de vodkas importados y tequilas subvaluados. El intendente abrió los ojos, sorprendido. Tomó el teléfono y comenzó a marcar 911. El sacerdote le hizo una señal, mientras enseñaba su identificación:

—Soy doctor, me mordió un perro. No es grave.

El intendente, un muchacho gordo con largo pelo rubio y rematado por una colección de chinchetas en la cara que parecía que lo habían perforado como placa de metal, se quedó atónito al teléfono. El sacerdote le enseñó otra credencial, informaba que era un cura católico. El chico colgó. Aún la iglesia romana poseía más influencia y renombre que cualquier institución en el mundo.

—Sólo necesito un antihistamínico y un par de gasas.

—¿Seguro que está bien, padre? ¿No tenía rabia el perro? —cuestionó el muchacho. El sacerdote lo pensó dos veces. Esperó que esa cosa no la tuviera. Era una muerte horrenda la rabia.

—Era el *fox terrier* de una señora, ya ves que son muy coléricos.

—Sí, son unos desgraciados. Una novia mía tenía uno —entendió el intendente, quien le entregó gasas y una botella de agua oxigenada. Benjamín comenzó a curarse.

—Eso debe doler… —dijo una voz detrás de él. El predicador volteó, y trató de calmarse, pero su terror era verdad: ahí estaba la detective Schmitz. Misma sonrisa, misma gabardina, delito de la moda.

—No tanto como su insistencia, detective.

—Las mujeres podemos ser un dolor en el culo. Si se trata de una mujer judía, preferirías morirte. Haremos de tu vida una desgracia. Los psicoanalistas nos pagan soborno para llevarles más hijos traumados —respondió con un cigarro en la boca. No estaba encendido, pero sus ojos reflejaban un hambre por darle tres buenas chupadas.

—No se permite fumar en el interior, señora —le indicó el chico de la droguería, señalando su vicio y luego el anuncio. Schmitz guardó el cigarro con un gesto de disgusto mientras Benjamín terminaba su curación.

—Odio a nuestro gobierno. Se dedican a coartar las acciones privadas con leyes públicas. Pronto nos prohibirán poder tomar un buen vodka o ir a cagar en una gasolinera.

—Déjeme decirle, Schmitz, que ya estuvo prohibido eso —soltó Benjamín al colocar su última gasa.

—¿Cagar en gasolineras? ¡Yo pensé que hasta te pagaban si podías hacerlo! —respondió la detective, quien se recargó en el mostrador y miró la herida—. Eso fue una gran mordida.

—Un *fox terrier* —explicó de inmediato el intendente, con cara de especialista. El sacerdote volteó a verlo y agradeció con un gesto. Él sonrió.

—Extraña dentadura para un can. Parece medio círculo de líneas… muy humanas.

—Me moví cuando me mordió —trató de razonar el sacerdote. Sólo obtuvo una mueca de Schmitz.

—Usted miente más que un político en campaña, padre. No me gustan los que mienten. Son gente de poco fiar.

—Soy sacerdote, además estudié psicología. ¿Qué deseaba? ¿Que le dijera la verdad? Entonces, ¿dónde estaría el negocio? —le contestó como golpe mortal. La detective soltó una gran carcajada. Benjamín no podía evitar contagiarse de ésta, era agradable.

—Es todo un experto, padre. Deberían ponerle un *sitcom* con Charle Sheen o Jennifer Aniston. Se llamaría "Mentiras verdaderas". Sería un éxito. Posee carisma, buen culo y chispa.

—Dígaselo a Judd Apatow, quizás se lo compre.

—No todos los que asistimos al templo de Culver City somos famosos, padre. Yo tengo que ir detrás de un sacerdote, que estoy segura tuvo sexo con la esposa de mi cliente, para ganarme mi salario —dijo la detective. El intendente carraspeó incómodo y se alejó a la caja registradora. No le gustó que se empezara a hablar de esas cosas en su tienda.

Benjamín clavó sus ojos en la detective. Eran un par de puñales filosos y enormes, como machetes. Ella los recibió con una sonrisa de desgraciada que sólo las mujeres pueden tener cuando tienen atrapados a los hombres por las bolas.

—Entonces vaya con su cliente, entregue las pruebas, dígale lo que tenga que decir y deje de seguirme. Los dos así podremos proseguir nuestras vidas —la retó. Pasó su lengua por los labios, y saboreó el demerol.

—¿Por qué cree que no lo he hecho, padre?

—Porque no tiene ni una pequeña prueba. Supone cosas, cosas que no son ciertas. Es usted de las personas que no creen que un par de adultos heterosexuales, de distinto sexo, puede tener una amistad. Porque para su mente corrompida, soy un pecador y ella una ninfómana. Deje de ver cine. La vida no es así.

Las miradas se cruzaron en un duelo silencioso. Era tan tenso el ambiente que si el chico de la tienda hubiera cerrado en ese instante, un témpano de hielo se hubiera quedado entre la detective y el sacerdote.

—Debe ser bueno diciendo sus sermones, casi me convence.

—Mire, Schmitz, no necesito que una judía con sobrepeso me juzgue. Para eso tengo a un jefe más duro. Y me mandará directo al infierno si yo miento. Sólo podré decirle algo... —dejó un billete de diez dólares en el mostrador, y le dio la espalda; luego se alejó diciendo en un perfecto español—: ¡Váyase a la chingada!

Schmitz lo vio subirse a un auto rojo con flamas. En calma prendió su cigarro al salir del local. Le dio una gran chupada y expulsó el humo. El clérigo tenía razón. No poseía pruebas. Pero estaba seguro de que las conseguiría ahora que estaba acostándose con esa pomposa de Von Rayon. La mujer sonrió al pensar que el tipo tenía su éxito con las ricas.

El sacerdote bebió un gran trago del bourbon. Sólo lo atontó, no le aminoró el dolor. Maldijo que el diablero le hubiera quitado sus pastillas. Continuó curándose con alcohol y vendas. La sangre había dejado de emanar, pero la camisa ya había adquirido un brillante color rojo. Elvis le arrebató la botella y también le dio un sorbo.

—¿Todo bien en la farmacia, señor Demerol?

—De lujo... —balbuceó molesto Benjamín con los ojos hacia abajo. Pensaba en lo último que le había dicho a la detective: estaba seguro de que si existía un Dios no lo mandaría al infierno, pues éste era la vida real. Con cada respiro, pagaba un segundo más de su condena.

—¿No compraste pastillas? —el clérigo no respondió. Estaba molesto, pensaba en Schmitz, y en si realmente tendría las pruebas para que el poderoso marido se enterara de la aventura con la bella pelirroja.

Infante dejó la botella en la mesa. Volteó a ver al mayordomo que descansaba en la cama con una bolsa de hielos. Dos tortas moradas habían aparecido alrededor de cada ojo. Su nariz estaba roja e hinchada. El golpe de Elvis le había desviado el tabique, y respiraba con dificultad.

—¿Así es como le pagas a tu amo, traicionándolo para que lo dejen morir? —rugió Elvis. Se sentó en una silla. La noche había caído sobre Los Ángeles, como un manto cálido de lana.

—Usted no es nadie, *mexican bean* —chilló el japonés. Elvis se volvió hasta él. De un bolsillo del pantalón bombacho sacó una navaja retráctil. La abrió de golpe, cortando el aire. El filo de inmediato encontró su lugar en el cuello del oriental.

—¿Crees que me molesta tu frase? No, en lo más mínimo. Menos viniendo de un *yellow*. Quizás aquí en los *States* odiaban a los negros. *You know*, el Klan los ha colgado por años pensando que con eso dejarán de existir. Para esos güeritos, la gente de color era el demonio. Pero lo que no saben muchos es que en México fueron los orientales quienes recibieron el odio de sus habitantes. Los consideraban cochinos, drogadictos y corruptos. Era un deporte nacional colgar ojos rasgados a principio del siglo xx. Se ahorcó a tantos chinos, que cuando recibió el gobierno quejas de los habitantes por dichos actos, en lugar de prohibirlo, contrataron a una carreta con burro para que los recogiera cada mañana y la gente bonita no se diera cuenta.

El mayordomo dejó sus ojos en la navaja. Sin entender, aseveró:

—No entiendo tu punto.

—Sencillo: en México, hace cien años era legal matarte...

El religioso tomó el hombro de Elvis para retirar la navaja de la yugular. Su mirada lo dijo todo. El sacerdote podía convencer. Elvis guardó su arma. Refunfuñó y bebió más bourbon.

—¿Por qué lo haces? —preguntó el clérigo. El japonés alzó sus diminutas cejas.

—Usted no entiende. El señor Von Rayond vendió su alma a un demonio. Era un hombre que deseaba tener todo. Sobre todo, poder. Después de ese día, el dinero llegó con facilidad. ¿Cómo quiere que le diga a madame eso: que el amo vendió su alma al Diablo?

—Supongamos que tienes razón, el único problema es que Von Rayond está vivo.

—Bueno, parece que ya la quiere. Digamos que es un predio en disputa. Así que no lo traiciono, deseo liberarlo. Me comuniqué con el haitiano pues conocía al señor. Era uno de los vendedores para su colección. Ustedes aparecieron después.

El sacerdote se llevó la mano al pelo, empezaba a dolerle la cabeza también. Si en el principio fue una locura, ahora todo era surrealista.

El silencio se fue expandiendo cual gas somnífero. Los hombres se miraban. La tensión se volvió crujiente y se rompió como un plato arrojado al piso cuando el teléfono sonó. Saltaron como adolescentes.

—Debo contestar —explicó el mozo. Levantó temblando el auricular y habló en murmullo. Con cara amargada de limón pasado se lo ofreció al sacerdote—: la señora desea hablar con usted.

—Buenas noches —respondió tratando de oírse normal. La voz fue cortada, como el plato roto que intentaron reconstruir.

—Padre, estoy angustiada. Necesito saber qué pasa —escuchó esa voz triste que lo atrajo desde la primera vez. Era reconfortante como un chocolate caliente.

—No se preocupe, estoy con él. Me encargaré de que todo esté bien.

—Lo siento. No podía estar ahí. Era demasiado para mí ver cómo eso estaba comiéndose a mi esposo, usted entenderá.

—Comprendo. Creo que fue buena idea. Apenas tenga alguna noticia prometo llamarle. Será mejor que descanse.

—Gracias, padre. En verdad se lo agradezco.

El sacerdote dejó que una mueca parecida a la sonrisa se dibujara en su rostro. Fue sutil. Suficiente para halagarlo. Estaba a punto de colgar, pero retomó la conversación:

—Disculpe señora. Quiero hacerle una pregunta… ¿Su esposo le platicó sobre algún trato? ¿Algo que hubiera hecho pero que se sintiera culpable por haberlo realizado?

Silencio del otro lado.

—No, padre. Debo decirle que a él no le apenaba nada. Su moral la había dejado guardada junto a sus reliquias mucho tiempo atrás. ¿Está seguro que no necesita nada?

—Descanse… —logró decir antes de colgar el teléfono. El sacerdote se recostó en la cama, y colocó los pies encima de las piernas del mayordomo. Permaneció así, sin moverse, con los ojos cerrados. Elvis estaba con la mirada perdida por la ventana. Hipnotizado por las luces lejanas de Sunset Boulevard.

—No puedo creerlo. El hombre vendió el alma a un demonio. Riquezas, fama, una mujer guapa. Seguro hasta le ofrecieron cable gratis... —explicó en voz alta Elvis—. Así que el jodido demonio se queda esperando a que el tipo estire la pata para hacer válido el contrato, pero otro demonio listillo decide que es suyo, y lo posee. Así que aunque saquemos a uno, no podremos salvarlo. Esto es ridículo. Son demonios, no abogados judíos —planteó en voz alta.

—Bueno, si vendes el alma al diablo... —trató de explicar con su racionalidad católica Benjamín.

—Las cosas no son así de sencillas, míster Mistery —interrumpió Elvis sin voltear a verlo. Sus ojos seguían al fondo—. No existe el *easy way*. He cazado demonios por años. Admito que ninguno es igual. En verdad son bestias sin mucha idea. Un chimpancé amaestrado hará más trucos que un habitante del averno. Dios no los creó con mucho cerebro; cuando el humano comenzó, era sólo un puto mono, no Einstein. El problema es que nunca más volvieron a sacar una nueva versión de demonios.

Se volteó hacia ellos con tranquilidad. Puso un cigarro en su boca y comenzó a masticarlo como un viejo tic nervioso aprendido en la guerra.

—Pero así como los arcángeles son la élite, también hay demonios VIP. Son seres pensantes. Se parecen a nosotros, poseen nuestras debilidades. Envidiosos, astutos y mentirosos, *as fuck*. Y abajo, está la raza, la plebe, la perrada. Miles, no, millones de seres que habitan el infierno. Monos con cuernos, chimpancés amaestrados. Los puedes entrenar y que hagan trucos, pero les aseguro que entre ellos no hay más inteligencia que un niño de tres años. Nunca pelearía por un humano ninguno de ellos. Lo único que les puedo decir es que el que tiene por los huevos a tu cliente es un completo jijodeputa y no entiendo nada...

—¿Acaso eres exorcista? —rezongó Mitzuchi. Elvis le cerró el ojo para contestarle:

—Soy diablero, vato.

—¿Qué te dice que no estamos enfrentándonos con esa "élite" de la que hablas? —cuestionó el sacerdote despojándose de su camisa sucia.

—¡*Oh no, boy!* Ésos están abajo. No se andan con chingaderas: Belzebú, Mefistófeles, Azazel, Lilit, Belial... Es como si me dijeras que ves comiendo en un Burger King a la reina Isabel, Michael Jackson y al Papa. ¡*Impossible as fuck!*

—Vivimos en Los Ángeles. Aquí todo puede pasar —contestó el sacerdote. Rebuscó entre la ropa que estaban guardando en cajas. Se la colocó con cuidado de no lastimarse la herida. Elvis regresó a su guardia y miró por la ventana.

—No. Ni siquiera en esta mierda de ciudad pasa algo así. Esto me huele a algo muy planeado, como si hubiera una mente más brillante detrás de todo esto.

—¿El mismo Diablo? —cuestiono Benjamín.

—No, algo peor: un humano —respondió sin freno Elvis. Sacó sus llaves del automóvil y, sin despedirse, sólo indicó:—: Quédate guardando todo. Iré a ver a ese cabrón.

IX
Sudando las flamas infernales

"No es pecado engañar al Diablo."
Daniel Defoe

Tres años antes

Las cuevas del diablo en Afganistán frustran a invasores
Por Elvira Huchitson, *USA Today*.

PESHAWAR, Paquistán—. En Afganistán, el paisaje en sí mismo se ha levantando contra los invasores. Sus cavernas de piedra caliza, las montañas imponentes de granito y las corrientes subterráneas ofrecen desde tiempos memorables, a los combatientes afganos, miles de lugares subterráneos para acosar a los ejércitos extranjeros. Desde sistemas de irrigación antiguos hasta túneles que se extienden por millas, los laberintos subterráneos del país han confundido a varios conquistadores desde los días de Genghis Khan.

Ayudaron a los guerrilleros afganos a derrotar al ejército imperial británico en el siglo XIX y a expulsar a los soviéticos en los ochenta. Ahora, es el turno de Estados Unidos. Cuando el presidente Bush hizo el voto de atrapar a Osama Bin Laden y echar fuera a los talibanes que le daban el abrigo, ya las fuerzas armadas apuntaban a los complejos subterráneos. Desde el principio de la guerra, los informes indicaban que se estaba atacando desde el aire con bombas "reventadoras-de-búnker", pero no es del todo cierto, pues antes los comandos americanos tendrían que saber dónde se encuentra Bin Laden. Aún así, según los informes de los medios, este fin de semana sugirieron que la inteligencia de Estados Unidos había destruido a Osama Bin Laden en uno de sus escondites subterráneos en Afganistán del Este.

Sacar al enemigo de sus guaridas es una tarea difícil y peligrosa. Tiene que basarse en información conseguida por afganos fieles a las tropas americanas. Y luego las tropas deben evitar trampas mortales en la montaña, superar el clima traidor del invierno y evitar minas explosivas camufladeadas que los combatientes afganos han creado como forma macabra de arte.

Terminar esta operación militar exitosamente no es imposible. Las tropas están mejor entrenadas y equipadas que las que vinieron antes de ellos. Hoy utilizan los sensores infrarrojos y se puede desmenuzar para encontrar algunas, pero no todas, las guaridas subterráneas del país. Pero primero tienen que definir lo que están buscando. "Tenemos cuevas que incluso el diablo mismo no conoce", dice el combatiente Mujahedin Zaidullah Qaumi. "Las cuevas son nuestra mejor arma pesada." El entrevistado pasó una vez dos días con otros diez combatientes en una guarida, cerca de una corriente subterránea, escuchando cómo las tropas soviéticas los buscaban en vano en la superficie.

Perfeccionamiento para
la guerra de guerrillas

El terreno rugoso de Afganistán es confeccionado para la guerra de guerrillas. Comenzando con las redes extensas de cuevas en la piedra caliza, las cuales poseen túneles que descienden hacia abajo millares de pies y se extienden horizontalmente por millas, dice Richard Schroeder, un geólogo de la Universidad de Nebraska que se especializa en las cuevas de la zona para encontrar petróleo y minas para una compañía minera. "Si el infierno tuviera entrada, estoy seguro de que sería una caverna de Afganistán."

"También hay cuevas artificiales. Los más viejos son los *karez*, túneles de la irrigación construidos antes de que Alejandro el Grande hubiera entrado hace más de 2 300 años. Fueron construidos por los granjeros que buscaban desesperadamente el agua debajo del paisaje seco", completa su exposición.

Estos lugares son buenos escondites para ocultarse. Los afganos usaron los *karez* cuando las hordas mongolas de Genghis Khan rugieron a través del país en 1221, matando a cualquier persona que se cruzara a su paso. Los invasores soviéticos que luchaban e intentaban inútilmente apoyar el régimen marioneta del presidente afgano Najibullah en los años ochenta, se encontraron con que los rebeldes del Mujahedin ampliaron los *karez*, agregando los túneles especiales para el almacenaje de municiones y provisiones. "No temíamos si nos bombardeaban, incluso no lo sabríamos porque estábamos muy profundos", dice el guerrillero Qaumi. "No estábamos asustados ni de la bomba atómica."

Bin Laden y sus seguidores árabes ocuparon y ampliaron estos compuestos, los sellaron con las puertas de acero y reforzaron los interiores a base de concreto. Las bombas norteamericanas de 5 000 libras son inútiles contra algunos de estos complejos.

El cielo dentro del infierno

El complejo de Zhawar, en la provincia de Paktia, es uno de los más grandes. En 1986 había soportado cincuenta y siete días de bombardeo antes de que el Mujahedin finalmente lo abandonara. Los soviéticos, al entrar, quedaron asombrados por lo que encontraron adentro: los rebeldes de Mujahedin habían construido una mezquita subterránea con una fachada adornada de ladrillo; un hospital con una máquina del ultrasonido; una biblioteca con libros en inglés y *farsi*; y un hotel subterráneo equipado con las sillas y alfombras de felpa. El compuesto tenía 41 cuevas espaciosas y un túnel con la longitud de seis campos del futbol.

Un oficial americano retirado, que solicita anonimato porque vive ilegalmente en Paquistán, dice que él y sus camaradas encontraron algo mayor. Quizás una de las más profundas cavernas. Pero que el mismo gobierno americano mandó sellar con concreto y acero, después del atentado que destruyó casi completamente su compañía, el pueblo cercano y gran parte del acceso. El oficial de color, nacido en Georgia pero que habla fluído afgano, se convirtió a la religión del islam y se casó con una mujer árabe. Ha sido culpado de dar a espías información relativa al ejército norteamericano.

Las cuevas son buenas para ocultar a los soldados y almacenar fuentes, pero no para luchar. "Una cueva puede proteger a la gente contra ataques aéreos", dice al periodista afgano Ali Jalali, quien luchó junto al Mujahedin contra los comunistas, "pero pelear en una cueva no es algo que usted hace... La cueva puede convertirse en una tumba para la gente de adentro".

Los soviéticos atacaron de manera brutal a los rebeldes que se ocultaban en cuevas, usando lanzallamas, bombas incendiarias y gases químicos entre otras cosas. En 1982, las tropas soviéticas encontraron afganos ocultos en un *karez* en la provincia de Logar, en Afganistán del Este. Usando caretas antigás, vertieron gasolina, diesel y un polvo blanco incendiario en el túnel y lo encendieron. Así, incineraron a 105 hombres, mujeres y niños, como lo explica el analista militar Lester Grau en su libro de la guerra soviética del Mujahedin.

Al principio, el Mujahedin abría fuego contra las tropas soviéticas que intentaran entrar en las cuevas. Pero los militares rusos y sus aliados afganos desarrollaron un arma especial que lanzaba cuatro o cinco granadas al mismo tiempo adentro de las cuevas. Después de eso, generalmente los rebeldes se rendían y salían, al verse acorralados. También les arrojaban fuegos artificiales, de coloridas estrellas, inofensivos, pero efectivos para encontrar al enemigo cubriéndose la cara con sus armas. Arraigar a los rebeldes fuera de las cuevas sigue siendo un negocio mortal. El Mujahedin instaló trampas explosivas con minas que estallarían cuando los soldados trataran de entrar, y aún hoy en día siguen en funcionamiento.

Los afganos dicen que los Estados Unidos deben aliarse a los antiguos rebeldes del régimen talibán que puedan localizar las cuevas. Qaumi, que posee lazos con la alianza norteña anti-talibán, dice: "sin la ayuda de estos afganos, América no puede hacer nada". "Los soviéticos", asegura, "tenían combatientes muy grandes... Pero nosotros éramos musulmanes fuertes. Era nuestro territorio. Y los demonios dioses estaban de nuestro lado".

Contribuidores: Gerard Yeafountain en Washington, y Karen Chacek en Jerusalén.

07-12-2005, 02:24 PM

Estados Unidos tiene prisionero a un ciudadano canadiense en la base militar de Guantánamo

SAN JUAN, 05 (EP/AP)

Estados Unidos pagó entre 13 000 y 25 000 dólares por un prisionero de origen canadiense, según dijeron algunos reos que están ahora confinados en la base naval de Guantánamo. Jordan Clément, ciudadano canadiense nacido en Winnipeck, Canadá, e hijo de un reconocido industrial de adhesivos para madera, fue atrapado durante la operación "Anaconda", en las montañas de Tora Bora. Al parecer se había enrolado a grupos de talibanes cercanos a Al-Qaeda, pero niega haberse convertido a la religión islámica.

Washington suministró las declaraciones de los presos, formuladas ante tribunales militares en la base, como respuesta a una demanda de la agencia AP, basada en la Ley de Libertad de Información.

Un ex funcionario de inteligencia de la CIA que participó en la búsqueda de Osama Bin Laden declaró a la AP que las versiones parecían verídicas, porque los aliados de Estados Unidos recibían con regularidad recompensas por ayudar a capturar combatientes del régimen talibán y de Al-Qaeda. Afirmó que existe una cuenta regular para pagos de esa índole a soldados y mercenarios. También recordó el escándalo de las transacciones millonarias a bancos en Shangai durante la Guerra del Golfo para un grupo ajeno al ejército de la coalición.

El ex funcionario Alan Marshall dijo que había llevado personalmente una valija con tres millones de dólares (2.43 millones de euros) en efectivo para suministrar equipos bélicos y persuadir a jefes guerreros afganos para aliarse con las fuerzas especiales de Estados Unidos en sus combates en la región. Dicho dinero fue entregado a un grupo de oficiales del ejército; no se sabe dónde terminó. Aunque asegura que fue a un grupo llamado El Cónclave.

Mientras, en Guantánamo, el prisionero A-120165 permanece encerrado en un cuarto acolchonado y con camisa de fuerza. No se le hallaron indicios de haber sufrido torturas como otros prisioneros, pues unos meses antes se había reportado que se cortó con la boca sus tobillos para poder escribir con su sangre lo que al parecer eran invocaciones satánicas. Así lo informó su abogado, Herbert Gutter, al visitarlo en prisión y revisar el video de seguridad. "Es un hombre con una enfermedad mental. No debe ser tratado como un prisionero de guerra. Se le debe otorgar tratamiento y medicinas especiales", explicó a la agencia el representante del acusado, quien es sospechoso de colocar una bomba incendiaria en un campamento americano, donde murieron quince militares americanos, treinta y dos civiles y un héroe de guerra, el capitán Potocky.

El abogado Gutter es pagado por el padre del prisionero, quien pide que éste sea tratado psicológicamente en su país. Inclusive recordó que el acusado tenía antecedentes de demencia desde joven cuando estudiaba un posgrado en Filosofía en la Universidad Nacional de México. "Era adicto al peyote y drogas químicas. Comenzó a relacionarse con grupos que se autonombraban adoradores del diablo. La familia le perdió el rastro por dos años, hasta que se enteraron de su captura por el noticiero, y del atentado que se le inculpa", narra el abogado. "El pago es sólo una prueba de que su confinamiento es ilegal."

Aunque se han entregado cientos de sospechosos a los norteamericanos, el ministro de Información de Afganistán manifestó a la AP que "nadie ha aceptado ningún dinero". Los departamentos de Estado, Justicia y Defensa, y la CIA dijeron que no tenían noticia alguna de pagos por recompensa a cambio de la entrega de prisioneros.

El departamento de Defensa considera a Jordan Clément como un traidor y terrorista, por lo que lo mantendrán en prisión junto con los prisioneros talibanes. Como dato curioso, la locura y la traición son factores comunes en la familia: su abuelo Phillipe Clément fue espía para los nazis en Francia, y terminó asesinado en la Ciudad de México en 1944. Y Hugo Clément, un pariente de ellos, en el siglo XIX fue el ayudante del pintor Manet y murió loco en el duelo por una prostituta.

X
El diablo y cosas peores

"El diablo es un mito conveniente, inventado por los verdaderos destructores del mundo."
Robert Anton Wilson

Un año antes
(continuación)

Benjamín soñó esa noche con su infancia en New Jersey. Cuando el mundo era menos complicado. Al menos, su mundo. Eran sólo él y su abuela. El resto le parecía innecesario. Así creció, sintiéndose un niño elegido, el centro del universo. Al menos fue lo que su abuela le hizo creer. Ella era una mujer que rondaba los setenta. Italiana, con todo lo que eso implicaba: cuerpo de matrona, gran dote para cocinar, gritona y devota. En esa pequeña casa en Garden State se comía muy bien y se rezaba mejor. Su padre había muerto cuando Benjamín tenía cuatro años. Un haitiano le había disparado. El extranjero había robado una licorería en su intento de obtener dinero para comprar drogas. Su padre tuvo la mala suerte de estar en la patrulla más cercana. Nunca había disparado su arma. La gente no sabe que la mayoría de los policías nunca lo hacen. Así murió, sin mancharse de pólvora. Antes de que pudiera gritarle al hombre que se detuviera, una bala .33 perforó su pecho. No hubo últimas palabras. Se desangró en el pavimento mientras su compañero atrapaba al criminal.

Su mamá guardó luto por dos meses. Vivieron en la casa de la madre de su progenitor. Ambas mujeres discutían mucho. Su mamá se cansó de hacerlo, y una mañana sencillamente tomó su ropa, y se largó para Canadá. Dejó a su hijo al cuidado de la abuela. Entonces fue que comenzaron los días más felices de Benjamín. A veces, sentía culpa porque un evento tan desafortunado lo llevara a una situación que él sentía como perfecta. Amaba a su abuela, y este cariño era más que correspondido. Nunca hubo necesidad de los padres. La abuela lo hacía mejor que ellos. Así creció, con mucha pasta y religión.

En su sueño estaba la mujer sentada en su gran sillón, donde se desplomaba por horas para ver telenovelas, las series de *Dinastía*, *Dallas* y el canal religioso. Estaba ahí, tejiendo una gran tela. Él aparecía en un extremo. No era niño, sino un adulto. Se acercaba a la anciana y ésta se limitaba a sonreírle; le preguntaba:

—¿Te portaste bien hoy, cariño?

—No abuela. Me he cogido a una pelirroja casada.

—¿La amas, hijo? —cuestionaba sin darle importancia.

—La deseo —le respondía. Entonces su abuela se levantaba, y sin dejar de sonreír se quitaba la careta para mostrar un intento de rostro, una caricatura de músculos y sangres, con demasiados ojos y bocas para comprenderlo. Y todas éstas decían al unísono:

—Yo también te deseo a ti.

Entonces fue cuando se despertó.

Estaba recostado en un sofá del estudio. A su lado, el criado japonés roncaba sentado en una silla que parecía incómoda. No se veía a Infante. Aún no amanecía pero la ventana comenzaba a pintarse con un marrón pálido.

El sacerdote entró al baño a orinar. Vació su vejiga. Había tomado exceso de café en espera de que Von Rayon mejorara. Tal cual el sacramento católico del exorcismo lo precisaba, Infante cada hora entraba a la habitación para rezar extrañas plegarias que sonaban añejas, más aún que Cristo. El cuerpo del poseso se convulsionaba y las moscas se movían inquietas, pero permanecía en su capullo. Sin cambio.

Salió del baño y escuchó ruidos en la cocina. Una luz encendida delataba que había alguien. Bajó con cuidado las escaleras. Antes de llegar al umbral de la puerta soltó la preguntar para avisar:

—¿Elvis?

No hubo respuesta. Esperó parado, muy nervioso de que al abrir la puerta hubiera algo peor que lo que descansaba en el cuarto superior. Tomó aire y la abrió. Pero no encontró nada aterrador. Es más, no encontró a nadie. Las luces estaban encendidas, pero no había ni rastro de ser vivo en ese cuarto.

—¿Qué haces aquí? —preguntó Elvis a sus espaldas, entrando detrás de él. El párroco volteó a verlo, asustado.

—¿Estabas tú en la cocina?

—No, escuché ruidos y bajé a ver de quién se trataba. Tengo hambre.

Los dos se miraron, intrigados. La cocina era amplia como el Hollywood Bowl. Podían montar una ópera sin problemas. Varias puertas conectaban a ésta. Cuartos de sirvientes y bodegas.

—¿Hay alguien aquí aparte de nosotros? —cuestionó el sacerdote. Elvis alzó los hombros, y se dirigió al refrigerador. Lo abrió y su torso desapareció en él. Apareció de nuevo con una sonrisa. En la mano llevaba un par de cervezas Heineken y un salchichón polaco.

—*All the hell*. No te preocupes, seguro son pequeños demonios. Se está convirtiendo la casa en un imán para ellos, *as fuck*… Encontré la cena —le entregó una lata.

Elvis se sentó en la mesa, abrió su cerveza y extrajo la navaja para rebanar el embutido. Ofreció una rodaja al sacerdote, que seguía parado, tratando de razonar todo lo surrealista que era la situación.

—¿Cuándo supiste que en verdad existían los diablos? —le preguntó tras abrir también su cerveza y darle un gran trago.

—No lo sé. Quizás cuando papá nos dejó por una cubana. Era un trabajador de East Side, vato, de la raza... Conoció a esta tipa *moderfuker*. Una cualquiera. Trabajaba en un centro nocturno en Broadway. Le importó poco que mi madre estuviera embarazada de mi hermano. Se largó con ella a buscar fortuna a Nashville. Fue cuando supe que ella era el demonio.

Benjamín se sentó a su lado, tomó una rebanada de salami y lo masticó con la boca abierta.

—Me refería a los demonios verdaderos. Como el que está arriba.

—Lo sé. Ella lo era. Le sacó el dinero que necesitaba y lo dejó por otro. Mi padre se suicidó. No en un día, como lo hacen todos, sino poco a poco, *show as fuck*... con mucho tequila y cerveza. Se tardó veinte años. Yo lo sufrí cada día. Decidió que éramos buenos blancos para desquitar su enojo.

—¿O sea, ella era uno... con cuernos y cola?

—No, vato. Era una cubana. Pero es lo mismo, *men*. Hombres o demonios, ¿realmente importa la apariencia cuando son unos cabrones devora-vidas? Para cuando vi un verdadero diablo, se me hizo insignificante. Ella poseía más inteligencia. Como te dije, son sólo animales sin sesos.

—¿O sea que tú crees que el Diablo es obsoleto?

—¡Nosotros, los humanos, lo hemos rebasado por mucho!

Benjamín sonrió. Así se sentía. Rebasado por su gran amoralidad, y por el desenfado con el que asumía su situación de pecador. Tenía razón el latino: no era muy diferente de uno con cuernos y cola. Alzó la lata de cerveza y brindaron.

—Brindemos porque ya nos cargó el diablo, vato... —dijo Elvis sonriendo.

—...y a nadie le importa —completó Benjamín. Hubo una gran complicidad. Elvis se levantó. Lanzó un sonoro eructo y salió de la cocina. Pero regresó un par de segundos después.

—Sé que prometí no hacer preguntas. Pero... ¿por qué lo haces?, ¿te interesa la *lady*?, ¿eres su loquero?

—¿Loquero?

—Psicólogo. No sé, algo así.

Benjamín no respondió inmediatamente.

—Supongo que algo así.

—Bien, voy a *pistear* la siesta. Mañana iré a ver a un cabrón.

Elvis manejó por todo Willshire, hasta llegar a su barrio. Pasó varios altares *thai* que los emigrados orientales colocaban en las esquinas. Pequeñas casas hechas de madera y frutas como ofrenda. Luego, pasó las pinturas de la virgen de Guadalupe de East Side para adentrarse a un barrio donde sólo los grafitis rendían tributo a la violencia y a la música rap. Se detuvo en un gran almacén de frituras de tortillas con un anuncio en la pared de tabiques, que decía "Garcías, los mejores totopos", en español. Era territorio comanche, zona de *junkies* y vagos. Si asaltaban una casa en Santa Mónica, seguramente descubrirían la televisión en ese barrio.

Bajó de su automóvil carmesí. Caminó sin mucho aplomo, más como alguien que va a pasar un trámite burocrático. Se paró en la cortina de acero cerrada y golpeó la puerta con sus nudillos.

Mientras esperaba a que alguien oyera su escándalo, un par de cuervos hacía otro ruidero, para despertar a los que aún dormían. En las calles no había mucho movimiento, era una zona que palpitaba de noche. De día quedaba como un miembro flácido, caído a un lado.

—¿Quién? —preguntó una voz femenina desde la mirilla.

—*I burn the name Dolphin. So it shall be/ Cast out of my memory,/ Your memory erased from my mind/ No longer held by the constraints of time/ Accept this now made manifest. So shall it be!* —le soltó Elvis. Se trataba de una vieja maldición gitana. Pero era un *oldies but goodies*, tan efectiva como una camioneta Honda de los setenta.

—¡*Quiétamela*! —gritó la mujer, molesta. Cerró la puertilla, para abrir el acceso grande. Elvis sonrió—. *Fuckin greaser!*

La que exigía era una muchacha delgada, con largo pelo rubio de *surfer* de Venice, vestida con ropa hindú: falda larga y camisa de algodón. Portaba tantos collares que podría venirse de frente por el peso. Elvis se acercó, le dio un beso en la mejilla y le murmuró:

—*Salvato done...*

—Eres un desgraciado, Infante. Nunca vuelvas a lanzarme un mal de ojo o te mato —gruñó la rubia, luego prendió una colilla de marihuana.

—Si no lo hubiera hecho, ¿me habrías abierto, Dolphin? —cuestionó Infante sin quitarle la vista. No era su tipo, pues se veía muy rubia y delgada. La vigilaba para que no le hiciera un pase o algo peor.

—Tú sabes que lo tengo prohibido —respondió la chica manteniendo la última chupada dentro. Escupió el humo; y llenó de una neblina olorosa el cuarto.

—¿Trou Macaq?

—Descansando. Contrató una par de putas checoslovacas y terminó tarde —explicó la muchacha. Se encaminaron por la gran bodega llena de cajas empolvadas y basura. Al centro había una lujosa sala de cuero moderno, y un bar de cristal con una colección de botellas importadas. Sólo lo iluminaba un enorme reflector del techo.

—Sólo dile que Von Rayon...

—No vengas a alebrestar el hormiguero, Infante. Ya demasiado ha pasado los últimos meses después de tu tontería en el aeropuerto John Wayne —gruñó la mujer.

Elvis no dejó de sonreír. Dos guardaespaldas del haitiano quedaron hechos cenizas. Él no desató el infierno, fue la avaricia del mercader por poseer un dragón de fuego lo que hizo de esa transacción una pesadilla.

—Dile eso —ordenó al sentarse en el gran sofá de cuero negro. Era confortable, muy confortable.

Durante unos diez minutos esperó, silbaba viejas canciones de caricaturas sabatinas. Desde *Spiderman* hasta *Gigantor*. Entre la penumbra de la bodega un chillido quejoso que se convirtió en voz le indicó que la espera había terminado.

—¡*Fuckin* Elvis! ¡¿Con qué par de huevos vienes a presentarte delante de mí?!

La voz se hizo cara: un afroamericano con un enorme peinado trataba de colocarse la bata en el cuerpo tatuado con símbolos cabalísticos. Elvis sabía que eran protecciones contra demonios, pero también símbolos de la mafia rusa.

—¿Qué traes con Von Rayon, vato? —soltó sin inmutarse. El moreno se dejó caer en el sillón frente a él. Arqueó tanto su ceja que deformó su rostro. Sacó una bolsa llena de polvo dorado, la colocó en la mesa del centro para hacer una línea con su navaja.

—Polvo de ángel de la mejor calidad. Traído desde México por el cazador. ¿Quieres?

—Son huesos de ángel molidos. Triturados para hacer una droga. ¿Por qué desearía enfundarme eso, *man*? —dijo separando las palabras de manera fría. Trou Macaq tomó un billete de cien dólares, lo enrolló, y aspiró el polvo.

—Para poder sentir el paraíso por unos minutos, *bitch*...

Infante alzó los hombros.

—Eso me conforta tanto como lo haría una mano arrancada de un panteón. Déjame decirte, *man*, que tampoco ésa te puede hacer un *handjob*.

El negro enseñó todos sus dientes de oro en una sonrisa picaresca.

—Si lo deseas, puedo revivir al zombie de Ann Nicole Smith y hasta un *blowjob* te puede hacer —Trou Macaq abrió su bata para relajarse, estaba desnudo.

—¿Y bien? —insistió el diablero.

—Nada que reportar, *chief*.

—¿Qué haces con Von Rayon?

—Le vendía polvo de ángel, chínguere y baratijas. Me pidieron que les ayudara, que si podía atrapar a uno grande. No como el otro que tienen...

Infante torció la cabeza al escucharlo, como perro que huele una ardilla a lo lejos. El diablero trató de irse con más cuidado. Trou Macaq era arenas movedizas.

—¿Otro?

—Muchos... ¡Vamos, no te hagas el inocente! Tú también inventas maldiciones para sacar un dinero extra. Todos somos charlatanes. Desde el jodido Papa de Roma, hasta el canciller ruso. Mentimos para tener adeptos.

—¿Von Rayon es un adepto?

Silencio. Sólo el brillo de los dientes encapsulados en la sonrisa. Trou Macaq tronó los dedos. La rubia apareció con una maleta deportiva. La abrió y la vació en la mesa. Una docena de fajos de billetes cayeron. Eran billetes de 500 dólares.

—Si lo capturas, este dinero será tuyo —le propuso el haitiano. Elvis tomó un fajo y lo agitó en su cara. Olía a nuevo, recién desempacado de un banco californiano.

—Ve tú por él, si lo quieres… —respondió aventándole el paquete a un lado. Se levantó y se alejó. El haitiano volvió a ofrecerle:

—Si lo vas hacer, hazlo bien, Infante. Recuerda que el mundo está lleno de demonios traicioneros y mujeres dolidas.

Elvis Infante no se despidió. Sabía que pronto lo vería por otro asunto. Sus caminos estaban maldecidos para entrecruzarse por la eternidad.

—Debe de haber algo detrás de esto. Trou Macaq es rastrero, pero sólo se mueve si gana algo —comentó Elvis a su regreso a la mansión Von Rayon. Encontró a su contratante sentado, sudando por una sesión de exorcismo que seguramente le había dejado otro par de heridas.

—¿Y si le haces realmente un exorcismo duro?, ¿algo extremo? —cuestionó Benjamín tras beber de un vaso de agua.

—Podemos hacerlo, pero no confío en nada de lo que sucede.

—Saquémoslo y te pago un par de tragos en Benny's de Culver City.

—Es tentador, míster Demerol —respondió sentándose a su lado. El mayordomo apareció con una botella de licor y un par de copas. Dejó el servicio a un lado—. Olvídalo, *yellow*. No podemos beber mientras trabajamos.

—Dicen que era un gran coleccionista de objetos antiguos y libros prohibidos. Algo podemos encontrar entre sus cosas —pensó en voz alta el predicador. Se volteó al recién llegado para decirle—: Mitzuchi, llévame al estudio del señor.

El oriental hizo un gesto molesto, pero no dijo nada. Se encaminó, seguido de Benjamín. Elvis continuaba mirando por la ventana. Sin voltear a verlo, soltó:

—Yo iré a revisar el estudio.

—¿Sucede algo?

—Tu cola te ha seguido, señor Demerol. Hay una mujer en gabardina espiándonos desde que llegué —indicó Elvis, quien señaló por la ventana hacia el exterior del lote.

El capellán se asomó entre la cortina del cuarto. Logró distinguir a la detective Schmitz. Estaba parada en la reja, con un gran telefoto apuntando a la ventana.

—*¡Shit!*

Elvis prendió la luz eléctrica de la habitación. Estaba intacta. No la habían desmontado. El olor a polvo, naftalina y polilla era penetrante. Un gran escritorio como galeón, encallado al fondo. Al centro, dominando el espacio de doble altura, una chimenea que se postraba con más dignidad que sus dueños. En la parte superior estaba la escultura de Kali, la diosa hindú. Seis manos salían de su torso.

—Podría ser una buena mesera en Denny's… —bromeó Elvis, señalándola. El japonés no sonrió. No iba a ser alguien que aplaudiera sus chistes.

—El señor Von Rayond siempre leía este libro —indicó el japonés al entregarle un volumen. Elvis se sorprendió, era difícil ver una primera edición. Era el mismo que el capitán Potocky le enseñó: El *Dictionnare infernale* de Colin de Plancy. Tan inocente como un cachorro dálmata. Y eso que siempre un perro puede morder.

—Chop suey, debes enseñarme algo mejor. Eso sirve para limpiarme el trasero.

El mayordomo se sintió ofendido. Retornó el volumen a su lugar.

—Se pagó una gran cantidad por él.

—Pues fue dinero tirado al inodoro —escupió con desprecio Elvis, que miraba entre los estantes los títulos y objetos. No había mucho fuera de lo común. Casi todos eran de antropología e historia. Nada que no se encontrara en una biblioteca. Ediciones viejas, pero institucionales. Cegadas por el antifaz de la normalidad, creadas por el régimen cristiano, hacían creer al humano que el infierno estaba en el centro de la Tierra, o peor aun, que era una alegoría humana.

De pronto notó en el escritorio algo que había pasado por alto. Algo que le dio esa sensación de *deja vu*. En la mesa, como turista tomando el sol, haraganeaba un desgastado libro. Podría apostar todo el dinero que tenía a que era el mismo que arrancó al cadáver en esas cavernas de Afganistán. Tomó el viejo libro encuadernado en cuero. Lo abrió en la primera página y leyó el título en un murmullo.

—*Malleus maleficarum...*

Comenzó a hojearlo, igual que lo hizo cuatro años atrás. Notó que al final estaba escrita la misma frase. No le gustó cuando leyó esas palabras. Menos aun que la primera vez: "¡Líbranos Señor del veneno de una cobra, de los colmillos de un tigre, y de la venganza de un afgano!".

—¿Cómo consiguió esto? ¿Tienes una idea? —gruñó agitándolo en la cara del japonés, quien dio un paso hacia atrás, asustado.

—Se lo mandó un amigo hace mucho tiempo. Alguien de su club privado: El Cónclave.

Cuando Elvis escuchó esas palabras, sintió el peso de su pasado caerle sobre la espalda, como una carga que no pudiera quitarse nunca. Se sentó en el escritorio. Al ver que un cajón estaba cerrado, sacó la navaja y reventó la chapa. Antes de que el mozo pudiera quejarse, enseñó la filosa hoja. Suficientemente filosa para callarlo. Nadie inteligente se quiere meter con un mexicano y su arma.

Comenzó a sacar papeles. Documentos de la universidad, acciones, propiedades y demás basura que guardan los ricos para sentirse importantes y decir que trabajan como el resto de los mortales. Luego encontró correspondencia privada: Bill Clinton, W. Bush, Chirac y demás cacas grandes. Pero de pronto descubrió una carta. A su lado, el escudo del ejército americano. La firma era inconfundible: el capitán Potocky.

VR:
Agradezco tu ayuda para ubicar las montañas. Hemos capturado un demonio, al principio pensé que era un caribú, pero me he equivocado. Lo mandé a Georgia, donde lo enviarán a las selvas de Colombia para ser entrenado por nuestros contactos de las FARP.
Agradezco tu regalo.
Besos
Poty.

Elvis dejó la carta en el escritorio, al lado del volumen que él aseguraba que estaba perdido entre los cadáveres de los ingleses, rusos y hunos. Era mucho lo que había detrás de este simple trabajo. Se molestó por sentirse simplemente como un peón. Tan sólo una pieza para que los poderosos jugaran a Dios.

—¿Es importante?

—Sólo puedo decirle que no se chupaba el dedo. Como dicen en mi tierra, sabe más por viejo que por diablo. Oye vato, esto no me gusta nada.

Tomó varios libros que le interesaron y algunas piezas arqueológicas que le cabían en el bolsillo. Salió antes de que el mayordomo se quejara:

—Son objetos personales del señor Von Rayond.

—Siempre puedes decir que vino un mexicano y se las robó —respondió sin pena.

Al salir al salón de la mansión, notó que el frío se expandía. Una capa de hielo empezaba a cubrir las paredes. Era seco y rasposo. Caminó con cuidado, meditando sobre la idea de que Potocky era amigo del dueño de la casa. Se quedó parado frente a la puerta del cuarto. No podía pensar bien. Trataba de llenar huecos, pero realmente no tenía nada entre éstos. Sólo podía pensar en lo que el mayordomo le dijo: que se trataba de un predio en disputa. Pero era demasiado simple. Las cosas oscuras nunca son así, sino complicadas como la forma de pensar de una mujer, como las sospechas de una amante, como las envidias de una niña. El destino era femenino, por lo tanto, incomprensible. Supo todo eso cuando comprendió que el especialista en demonios no era Von Rayond, sino otra persona. Lo hubiera comprendido antes, si se hubiera fijado que la carta de su antiguo jefe mandaba "besos" y no "saludos". Para cuando se dio cuenta de que la traición llevaba un rostro de mujer, fue tarde. La enorme pinza tatuada con símbolos cabalísticos, y labrada con técnica cual árbol bonsái, lo golpeó como un asteroide que cayera del cielo. Voló hacia adentro de la habitación, inconsciente. El demonio pareció reírse por el golpe. Era imposible decirlo con tantas bocas.

—Mitzuchi, encárgate del diablero... —indicó la mujer, fina, elegante, con porte. Pelo negro en corte Bob y voz triste.

Se acomodó el cabello para enfrentar a la detective. Caminó con supuesta tranquilidad hasta la reja. Norma Schmitz lo esperaba recargada en su descomunal automóvil. Disfrutaba verlo. La sonrisa no se alejaba ni un centímetro de su rostro.

—Padre, veo que su vida social es muy interesante. Amigo de actrices y millonarias, seguramente lo veré en la portada de *People* —le dijo la detective Schmitz.

—Realmente debe estar enamorada de mí para causarle tantas molestias. Me dicen que lleva horas vigilándome —explicó Benjamín, quien llegó hasta la puerta y se detuvo frente a ésta. Estaban ambos a menos de un paso, divididos por el metal.

—No sea tan egocéntrico, no se lleve todo el crédito, le recuerdo que mi cliente paga bien. No me quejo si sus cheques son gordos.

—Sí, había olvidado que siempre el dinero está de por medio. Es una lástima que nuestra relación sea tan interesada. Me gustan más las mujeres desprendidas —comentó con la cara baja el clérigo. Schmitz no movió un dedo.

—Usted está metido en algo. Puedo oler su culpabilidad a millas de distancia, padre.

—No entiendo bien qué quiere probar, Norma. Si ese productor de cine cree que su esposa le es infiel, siga a la esposa, no al sacerdote que la confiesa —alzó los hombros, rindiéndose. Schmitz, en su papel, impávida.

—Primero fue ella, la famosa actriz pelirroja. Ahora es la esposa de un millonario. ¿Quién será su tercera conquista, padre? ¿Una de las gemelas Olsen? ¿Madonna? —le disparó directo, sin darle tiempo de pensarlo.

—¿Cree que estoy acostándome con la señora Von Rayond? ¡Eso es grandioso! —alzó los brazos, desesperado, y pasó sus dedos por el pelo. Logró verse muy desesperado—:

¡Ella ni siquiera está aquí! Si en verdad fuera detective y no una mujer quedada que juega a policías y ladrones porque ningún hombre la soporta, se habría dado cuenta de eso. ¡Ella se encuentra con su hermana en San Fernando!

Schmitz pudo haberse molestado, incluso alterado por ser tratada como una tonta. Hubiera contestado una sarta de groserías y golpeado la reja. Eso hubiera sido lo mejor, pensó el sacerdote, pero no fue así. Siguió recargada en el automóvil. La sonrisa sin cambio.

—La señora Von Rayond no tiene hermanas en San Fernando. Era niña huérfana. Creció en orfanatos de Europa y la he vigilado desde ayer: No ha salido de la casa.

Tocó el turno al sacerdote. Fue un espectáculo verlo sorprenderse de esa manera.

—¿Huérfana?… —volteó a ver a Schmitz, como rebuscando en su persona.

—Me informé que creció en Polonia, con varios huérfanos. Es la primera vez que por fin puedo atraparlo en una mentira. Esa hermana es parte de todo su complicado juego sexista.

—¿Polonia? —balbuceó el clérigo. Volteó a ver la casa. La ventana del estudio estaba encendida.

—Y esta vez hice lo que me recomendó. Dejé de seguirlo a usted. Sé que ha pasado el día aquí, encerrado. Sólo su amigo mexicano ha salido. Por ello pedí que rastrearan el Jaguar de Von Rayon. Ella llegó ayer. La casa posee una entrada extra para la servidumbre por la parte trasera, ¿me va a decir que no lo ha visto? —le explicó señalando entre los matorrales de la derecha, que dejaban ver el automóvil de la millonaria. El predicador comenzó a sudar. Algo no estaba nada bien.

—¿Trae algún tipo de arma?, ¿una pistola?

La detective se movió incómoda, era el momento en que su sospechoso aceptaba la culpa y todo el teatro caía. Pero algo no estaba saliendo como esperaba.

—Traigo una .33 en la guantera.

—Si le muestro un hombre poseído por el demonio, ¿me ayudará?, ¿me creerá que realmente estoy aquí por un exorcismo?

—¿No está hablando en serio, verdad? —ahora Schmitz se sintió incómoda. Estaba entrando en una zona que no era suya.

—¡Necesito refuerzos! ¡Pronto! —gritó el padre Benjamín. Nunca se detuvo a pensar que era una trampa o que le mentía. La cara de terror del clérigo se veía real.

Benjamín abrió el portón de acceso al apretar un botón de maquinaria. La puerta de fierro rechinó, y se abrió como dos grandes fauces. Schmitz sacó el arma. Venía envuelta en una vieja bolsa de papel de hamburguesas White Castle.

—Espero que sepa usarla… —le gritó jalándola hacia dentro de la casa. La detective casi cayó de bruces sobre él.

Schmitz entró primero a la mansión. Todo el interior era un gran congelador. Estalactitas de hielo colgaban de los candiles. Atrás de ella llegó el sacerdote. No había luz, pero el resplandor de la ciudad era benevolente e iluminaba a través de los ventanales.

—¿Qué demonios pasa en esta casa? —preguntó en un murmullo la detective.

—Esto, Norma, se llama posesión diabólica. Algunas veces sucede. Le expliqué todo, pero insistió —respondió convencido de que al haber regresado por Elvis estaba aceptando una nueva vida donde nada sería igual.

—Si es algo grave, será mejor llamar a la policía —dijo nerviosa la detective.

—No puedo dejar a Elvis —explicó rápidamente el sacerdote mientras subía las escaleras. Se detuvo y volteó. La mujer lo miraba, incrédula. Había una gran pregunta sobre quién era ese Elvis. Cómo estaban las cosas; debía especificar—: Elvis... mi socio, el latino.

—¿Confía en él?

—En este momento, en nadie me fío más que en él.

—Lo investigué. Es un santero, un charlatán...

—No, lo ves como el resto del mundo. Es especial, estoy metido hasta el culo en esto y si alguien sabe cómo salir es él —terminó llegando hasta la parte superior. Empezó a oír por fin ruidos. No eran muebles, ni voces. Era un silbido, un intento de melodía de alguien que disfrutaba. Pero no era alguien, sino *algo*. El hedor a pescado podrido llenó su nariz. Al respirarlo sintió unas ganas enormes de volver el estómago.

—Creo que llamaré al 911... —balbuceó Schmitz, pero el ruido era hipnótico. Se quedó apuntando hacia la puerta abierta de donde emanaba un resplandor azul.

Primero emergió la luz. Se escapaba por la puerta. Luego vino el temblor. Como un terremoto. Por fin, la explosión. La puerta de madera se convirtió en miles de astillas. Todas volaron hacia el religioso y la mujer. Algunas encontraron dónde clavarse. El rugido fue terrible. Le dolió más que las heridas en el brazo por los proyectiles. Era un lamento, pero a la vez un canto de triunfo. Ya que terminó su exhibición, se presentó: era más grande que el vano de la puerta, por lo que tuvo que agacharse para salir. Podía admirarse su equilibrio entre las diminutas patas de macho cabrío, pues la cola era tan grande que literalmente las opacaba. Seguido del miembro sexual, venía el torso formado de músculos en nudo. Se movía como una orgía de serpientes. Las pinzas de molusco se cerraban cual bocas. Un remedo de lengua salía de ellas. Los ojos colgaban como miembros inservibles. Seguramente sólo un adorno. Una broma de glóbulos oculares. La boca principal era una vagina. Algo de musgo y plantas había encontrado lugar entre los pliegues.

El sacerdote comenzó a tratar de recordar las rimas santas para el exorcismo, pero el miedo borraba cualquier remembranza. Sólo había un instinto natural de salir corriendo para dejar de ver al ente. Rezó un padre nuestro en latín.

Se dio cuenta de que no estaba huyendo, sino que sus piernas continuaban acercándose a la criatura. Tal vez su cuerpo había decidido sacrificarse. Suicidarse en búsqueda del perdón eterno. Podría haber continuado su avance si los disparos no lo hubieran sacado del trance. La escuadra .33 de Schmitz comenzó a vaciarse sobre la abominación.

—¡Padre, huya! —le gritó.

Benjamín no podía dejar a Elvis. Tenía que conocer su suerte. Tomó uno de los pedazos de la puerta y lo batió como arma para tratar de luchar contra eso. Mas no hubo respuesta, al contrario, la criatura dio media vuelta y regresó a la habitación.

Quitando el volumen del ser que le impedía ver el interior, pudo distinguir lo que sucedía: Von Rayond, o la caricatura de su persona, trataba de ahorcar a Elvis, quien se defendía dando golpes. Las moscas cubrían a ambos. A su lado, el japonés hacía pases antiguos. Sus ojos estaban en blanco.

La criatura le gruñía furiosa, tratando de alcanzarlo con alguna de sus pinzas, de sus brazos o tentáculos.

—¡Mitzuchi! ¡Saca a Elvis de ahí! —gritó desesperado.

El oriental sonrió. Hizo un pase con un libro que tenía en la mano, y apuntó hacia el sacerdote. El zumbido de las moscas comenzó a aumentar. Todas salieron volando como un torpedo, golpeando al padre Benjamín. Éste cayó al suelo, derribado por millones de insectos voladores que buscaban sus orificios para introducirse en él. Desesperado ante la ausencia de aire trataba de quitárselos de encima, pero era inútil. Eran muchos.

Un último disparo resonó por todo el cuarto. Increíblemente logró escucharlo el clérigo. Al arrancarse un puñado de bichos de la cara, tuvo la premisa de ver cómo la cara de Mitzuchi rebotaba en el suelo como piedra. En su nuca, atrás de la oreja, un hoyo del tamaño de una naranja aún tenía pedazos de cerebro. Había corrido con suerte: Schmitz sabía disparar bien.

Las moscas se alejaron de él ante la libertad del conjuro. La detective, pálida como una loza de mármol, lo ayudó a incorarse.

—He matado a un hombre… —murmuró asustada.

—Él lo hubiera hecho con usted. No sienta culpa, me salvó la vida —explicó el sacerdote.

—Por favor, vámonos… —suplicó la detective. Su arma estaba caliente. El sacerdote miró a la mujer. Estaba asustada. Una de las astillas le había abierto medio estómago. Con la mano libre de su arma trataba de evitar que el intestino se saliera.

—Vete a buscar ayuda… —le ordenó. La mujer volteó a ver la pesadilla. Se veía a leguas que quería estar lejos de ahí.

—Debemos salvar a su amigo…

—Llame a mi oficina, con el obispo. Él sabrá qué hacer.

No tuvo que volver a decírselo. Ella se alejó arrastrando los pies, sin darle la espalda al enorme ser con las pinzas de cangrejo. Al verse fuera de la habitación, corrió.

El padre Benjamín salió a defender al diablero. El alboroto con las moscas estaba resuelto. Al derribar al mayordo-

mo, éstas se dispersaron. Pero su libertad era más pertur-
badora de lo que había precedido. Cuando llegó a donde
estaba Elvis luchando con la caricatura del magnate, notó
que de humano le quedaban sólo restos. Era más pesadilla de lo que hubiera esperado. Ahora se habían unido ba-
rrocas configuraciones en su piel, como múltiples cabezas,
decorándolo de manera extraña. Pero se sorprendió más
de que Elvis Infante, el diablero de East Side, no necesita-
ra ayuda. Combatía con los miembros, los rasgaba con su
cruz de plata y piedras semipreciosas. Su rostro compun-
gido recitaba una y otra vez pases de un exorcismo musulmán aprendidos de la libreta de Jordan Clément. En cierto
modo, el religioso pudo ver por primera vez un exorcismo
real. Elvis estaba efectuando lo que presumía haber realizado al hijo de su amante. Quizás pagano, pero aún más
efectivo que el católico.

Las moscas se concentraron en la boca de Von Rayond.
Trataron de quedarse con un poco de su alma, como si qui-
sieran robar azúcar. La protección estaba haciendo efecto. El dolor por poseerlo las hizo aullar. Terminadas las
razones de tener esa alma, huyeron en grupo, volaron sin
control y se perdieron entre paredes, ventanas y lámparas.
Donde pudieran encontrar un paso para el infierno, por ahí
se iban.

El silencio coronó la habitación. Belzebú, el señor de las
moscas, había sido expulsado, mas no capturado.

—¡No puedo creerlo! —rugió la mujer en el umbral.

Aun con el maquillaje escurrido por el llanto, sus ojos
eran hermosos. No tenía lágrimas de terror, menos de dolor.
Al ver a su marido tumbado en el piso, chupándose el dedo
como un inocente, comprendió que todo lo planeado era
ilusorio. Que si había un plan, éste había fallado.

—¿Señora Von Rayond? —preguntó Benjamín ayudando a Elvis a ponerse en pie. La mujer maldijo en polaco. Estaba alterada.

—¡Idiota fracasado! ¡Te escogí a ti porque eras un falso exorcista! —gritó colérica. Alzó sus miembros al aire e imploró un poco de cordura para no matar ella misma a los dos hombres.

El sacerdote estaba a punto de preguntarle cuál era su intrincado plan para haber dejado poseer a su esposo por un demonio tan poderoso. Quería saber si se trataba de dinero o de poder. Pero no pudo hacerlo. La pesadilla de las pinzas labradas y múltiples bocas, al sentirse libre de su opresor japonés, descargó su furia contra la mujer que lo había mantenido preso por tantos años. Con una de sus pinzas, la partió en dos: las cerró cual tijeras en su bien formada cintura. Luego las bocas continuaron el trabajo de desmembrarla poco a poco.

—Yo lo atrapo. Es un demonio esclavizado… —murmuró Elvis.

El sacerdote también salió de la habitación; todavía pudo ver cómo le extraían con los dientes esos hermosos ojos por los que se podía haber enamorado de la señora Von Rayond.

El padre Benjamín salió de la mansión Von Rayond. Iba arrastrando las piernas. Se percibía vencido, apaleado por cada mala decisión tomada en su vida. Se sentó en las escalinatas y comenzó a llorar. Las lágrimas fácilmente brotaron de sus ojos. No eran las muertes, ni la locura que dejaba atrás. Ésa ya estaba en sus venas nadando sin tapujos para nunca más dejarlo. Lo que más le dolía era que Schmitz se había ido creyendo que realmente él era un exorcista, que su cliente era un paranoico y debería agradecerle el haber salvado a su hijo. Lloró porque comprobó que el pecado sí paga, que los pecadores pueden salirse con la suya y ser perdonados por el destino. No había razones para continuar profesando una fe en la que Dios era condescendiente con sus feligreses, e inclusive hasta cómplice de éstos.

—La paz esté contigo, hermano —le ofreció la mano un monje. Al verlo, pensó que era un ángel, pero estaba demasiado feo para eso. La nariz aguileña salía como pérgola de su cara. Los pómulos eran labrados en piedra caliza; tenía un cutis grasoso y con rastros de acné. Lo conocía de tiempos anteriores y lugares distantes. Era el perro lazarillo de su jefe, el obispo. Dominico de orden, pero con la complejidad de un jesuita. Se autonombraba secretario del presbítero, pero el título no le quitaba su verdadero trabajo de ser su perro. Lejos de ser un ángel, simplemente era un soldado de Dios llegando al rescate—. El obispo me ha mandado. Tu labor será agradecida.

—¿Recibió mi mensaje? —preguntó el sacerdote.

—Desde luego —sonrió mostrando sus dientes disparejos y amarillos. El monje tomó su mano y la agitó complacido, como un viejo camarada. El sacerdote debía estar satisfecho de que llegara alguien de "su bando", pero lo sentía tan distante como un esquimal.

—Le recomiendo que busque refugio esta noche. Pronto llegará el resto de la comitiva —recomendó el monje metiéndose a la casa y dejando al sacerdote. Éste no hizo nada. Esperó a ver cuál sería el siguiente paso.

Antes de que Elvis pudiera terminar de amarrar al demonio, sintió frío en su costado. Podía reconocer un estilete de plata, helado como un hielo. No le hizo daño, sólo fue una señal. Elvis se quedó quieto. No dejó que ninguna parte de su cuerpo se moviera. Sabía cuándo estaba en manos de un nuevo visitante con precisión católica.

—Es inteligente de su parte, diablero. Realmente sería tonto morir por esta *merde* —le dijeron a pocos centímetros de su nuca. Volteó poco a poco. Por fin se encontró de frente a un monje. Su corte de pelo medieval, rapado hasta donde empezaba la oreja, lo hacía ver ridículo. Era más absurdo que llevara el hábito religioso. Nadie lo usaba en California. Ni siquiera los sacerdotes—. Será mejor que suelte la cadena. Nosotros nos encargaremos.

—Altar boy... —murmuró Elvis. El monje sonrió. Era dos cabezas más alto que él. Delgado como un carrizo; la nariz grande como caballo. Su acento era tan mediterráneo como el aceite de oliva. No le gustó cómo le sonreía. Elvis pensó que los monjes no deben sonreír.

—Démelo —volvió a pedir. Elvis le entregó la punta de la cadena y se incorporó. Su cuerpo dolía. Se limpió la sangre de la boca y el sudor de la frente. Su camiseta estaba totalmente mojada. El pantalón destrozado. Había sido una pelea dura, pero no lo habían cascado. Eso era una ventaja.

—El demonio me pertenece —gruñó como perro que pelea por su presa. El monje no cambió su actitud calmada.

—Los demonios pertenecen al creador. No habría infierno sin la esperanza del cielo —recitó. Sin la necesidad de cuidar a un ser infernal de una tonelada de peso, Elvis se fue calmando. Inclusive se intensificó el dolor en su cuerpo por ir relajando los músculos. El monje tomó su teléfono celular. Mientras esperaba que lo comunicaran, sus ojos no parpadeaban. Estaban enfocados como miras telescópicas en Elvis.

—*La massa ha rifinito. Ho il demone...* —dijo. Alguien del otro lado le contestó. Hizo un gesto de aprobación y colgó. Rebuscó en su bolsa. Extrajo unos dólares, no muchos, y los plantó en la mano de Elvis—. Tu trabajo terminó, diablero. Nos comunicaremos contigo.

—¿Trabajas para El Cónclave? —cuestionó Elvis. El monje no dijo nada. No lo diría. Elvis lo sabía. Para ellos era sólo una pieza del juego. Si ésta era despachada en una jugada, ya otra tomaría su lugar. Alzó los hombros aceptando que continuar vivo un día más era suficiente. Miró alrededor, había un completo desastre: la mujer se hallaba expandida por la habitación. Sus intestinos aún dejaban escapar vapor. El cuerpo del japonés continuaba besando el suelo con un boquete del tamaño de una bola de billar en el cráneo. Su sangre formó un hermoso diseño en el suelo, muy parecido al Pollock que colgaba en la entrada. Al fondo de la habitación permanecía Von Rayond con la mirada perdida y un hilo de baba. En sus ojos no quedaba ni un gramo de inteligencia. Un frijol estaría más vivo. Y por último, el demonio, rugiendo por el dolor del peso de la cadena que lo aprisionaba.

—La policía preguntará por los cadáveres... —se limitó a decir mientras salía del cuarto protegido.

—¿Cuáles cadáveres? —respondió el monje con acento del Vaticano.

—La detective... Schmitz vio todo. Lo sabe.

—Pronto aprenderá de este mundo. ¿Quién sabe? A lo mejor, vuelven a trabajar juntos. Los destinos de Dios son inciertos.

—Son unos putos cabrones, vato. ¿Lo saben, verdad? Unos cabrones —soltó sin fuerzas de seguir luchando. Abrió la puerta. El monje logró gritarle antes de cerrarla detrás de él:

—El capitán hubiera estado orgulloso de ti.

Elvis subió a su Chevy 74. El vehículo se desperezó entre el fresco de la noche. Algunos rociadores de agua danzaban en los jardines de las casas de los millonarios. La única que sonreía era la figura de plástico de Cantinflas, vestido de diablo, escoltando la capota. Elvis encendió el motor y despertó a medio vecindario. El sacerdote lo miraba sin entender, frustrado. La pena coloreaba de rosa sus mejillas.

—No está bien.

—Las cosas así son, compadre —respondió Elvis. Continuó con su vista al frente. El motor ronroneaba—. Hay cosas que no es bueno agitar.

—No lo salvamos —se culpó el clérigo.

—Su alma no será arrastrada por *fast track*. No te aseguro que vaya a estar pisteando cervezas Corona con los ángeles, pero tendrá su juicio. Hay cosas peores que la muerte —confesó Infante al activar el embrague del auto. Algunos perros de casas aledañas comenzaron a ladrar, molestos por el ruido. Se despidió diciendo—: Ya sabes dónde encontrarme, vato.

El auto color diablo se alejó hasta la puerta de acceso. La oscuridad de la noche lo fue cubriendo. Lo último que el sacerdote logró distinguir fueron las letras blancas: "El diablo me obligó". Después, quedó solo. Únicamente la mansión vacía frente a él. No deseaba entrar ahí. Ni siquiera le interesaba qué estaría haciendo el monje.

En lo primero que pensó fue en que necesitaba un demerol. Paladeó su boca seca, también necesitaba un trago. Se sentó en las escaleras. Rebuscó en su pantalón para ver si encontraba cuando menos un valium. No había nada. Sólo la tarjeta que le entregó la mujer rubia, la que lo había llevado con Elvis. Jugó con ésta entre sus dedos, pensativo. Sintió que todo era parte de una broma cósmica, que sólo era uno de los actores de reparto en una obra épica. Si eso era el orden universal que Dios disponía, era demasiado humano para ser aceptado. Demasiado imperfecto. Recordó el aroma de la mujer. Fleur de Fleurs de Nina Ricci. Eso le hizo recordar una mariposa tatuada arriba de la nalga, a sólo cinco besos de ésta. Extrañó acariciarla. Deseaba besar sus labios gruesos, jugar con el flequillo rojizo que le tapaba las cejas. Pero en especial quería tocar ese trasero redondo, igual que un corazón.

Sacó el teléfono celular de su pantalón y apretó la memoria. Era la primera. Tuvo que esperar a que contestara. Seguramente estaba dormida. Sintió una paz que nunca le daría la religión, al oír su voz:

—Hola… Me estaba preocupando, ¿quieres que pase por ti?

Confirmado. Tenía boleto sólo de ida para el infierno, pero el Vaticano se lo había comprado como vacaciones, con todo pagado.

XI

La vida es corta y el infierno es para siempre

*"Una vez que bailas con el diablo,
las zapatillas más bonitas no te ayudarán."*
E. T. A. Hoffmann

Dos días después

Hoy me dolió todo. Aunque las heridas van curándose bien. Inclusive mi doctor, que es una lindura de muchacho, me explicó que el avance era sorprendente.

Dijo "milagroso".

La verdad odio esa palabra. Cuando te duele desde el pelo hasta la uña del pie, lo milagroso es algo que se puede ir por la ventana, o meterlo por el orificio que tengas abierto en tu cuerpo. Por cierto, perdí la uña de mi dedo izquierdo esa noche. Simplemente me la arrancaron junto con mi *pedicure* de cincuenta dólares.

"Milagroso." ¿No es abominable? Es de programa barato, de predicador de domingo por la mañana, de político que se cree nombrado el Mesías de su pueblo, o de doctores mamones, aunque sean una chulada. Claro que no puedo explicarle a ese médico que me revienta la palabreja sólo por que fui poseída a la edad de trece años y, según un neurólogo ladrón, que le exprimió a mi padre tres mil grandes, yo me había curado "milagrosamente".

Milagro es vivir la vida que he tenido que sobrellevar. Eso es de verdad sorprendente: cuando las madres de la escuela me preguntan por qué falta mi hija a clases y no puedo responderles: "Su madre tuvo un ataque. Estuvo encadenada por doce horas hasta que el ente decidió que la había mancillado demasiado".

No, eso no se puede decir. Se alejarían de mi pobre hija, pensando que tenemos una enfermedad. Y todo por culpa de la publicidad. Uno tiene más miedo a los terroristas, al sida y al ébola, que al mismo Satanás.

Yo creo que se trata de modas. Como estudié en una escuela de hermanos lasallistas, comprendo que eso del demonio le sirvió muy bien a la iglesia católica durante varios siglos. Hoy eso no funciona, tienen que buscar nuevos terrores. Por eso el gobierno soltó el virus del sida entre los homosexuales, pero como no lograron controlarlo, saltó a los *straight* y ahora es un pandemonio. Siempre el gobierno la caga. Deberían dejárselo a la iglesia.

Para eso, para hacer las cosas bien, los católicos se las gastan solos. Si no, pregúntenme sobre el padre Villavicencio, que hizo mi primer exorcismo a principio de los ochentas. Apenas Madonna andaba cantando *Borderline* y yo ya me convulsionaba en mi escuela frente a quince muchachos. Dicen que era todo un espectáculo. Primero me ponía en trance, ojos en blanco. Luego venían los quejidos y pujidos que terminaban en gritos, mas no de dolor, sino de placer. Era violada enfrente de todos. Levantaban mi falda, aplastaban mi abdomen, y claramente se veía cómo era penetrada. Sólo que ahí no había nada. Ni una corriente de aire.

Los maestros lasallistas nos mandaron a mis padres y a mí con psicólogos, neurólogos y un puñado de sacerdotes que sólo leían la Biblia. Ninguno acertó en nada. Incluso tuve un ataque mientras me hacían un encefalograma, pero mi presión era ciento veinte sobre ochenta.

Dolor hubo mucho, en especial para mis padres. Para mí, al principio. Era cuando los cuchicheos y murmullos aparecían a mis espaldas. No sé qué dirían. Cosas buenas, malas o de compasión. No me interesó, pues yo no recordaba nada. Todo lo que me decían eran inventos y fantasías para mis oídos. Ni siquiera había sentido a esa edad un orgasmo, me era imposible pensar que podría hacer lo que me narraban.

Fue cuando apareció el padre Villavicencio. Un hombre delgado y de modos simples. Español. A veces ni siquiera se le entendía su hablar. Pronunciaba como si una paella soltara las palabras, aunque era simple como el agua, y emanaba bondad. Había estado con los indios guaraníes del Paraguay y con los yaquis de Sonora. Tomaba peyote para hacer sus exorcismos, y muchas veces vomitaba más que yo. Un día, cuando desperté de un ataque, lo vi sudoroso, recargado en una esquina de la habitación vacía donde efectuaba su ceremonia. Me acerqué y lo abracé. Lo vi tan frágil que dudé que un hombre así pudiera curarme. Al sentir mi cuerpo se soltó a llorar sobre mi hombro como un bebé. Sólo se me ocurrió preguntarle:

—¿Por qué lo hace, padre? ¿Por qué quiere ayudarme?

—Yo fui poseído de niño. Deseo venganza… —respondió.

Ése es el hombre que me salvó. El único entre doctores, psiquiatras y sacerdotes que lo logró. Y fue por una sencilla razón: no deseaba curarme, sino deseaba agarrar a ese cabrón y patearle el trasero.

Debo decir que lo hizo muy bien. Fue su último exorcismo. Después de casi cuarenta y ocho horas de rezo, tomó al cabrón y lo metió en una caja de mártir, como la llamaba, pues son cofres con reliquias. Luego ahogó ésta en una tina llena de agua bendita que hirvió frente a mí por horas. Al ver que el maldito había sido evaporado, se volteó, me tomó de los hombros, y me habló seriamente:

—Preciosa, si ya has sobrevivido hasta aquí, podrás seguir. Debes entender que nunca será nada igual. Tú estás tocada. Ellos han abierto una puerta y no sólo la han dejado así, sino que le quitaron las bisagras y se llevaron la jodida puerta. Así que cualquier demonio que te vea, te querrá poseer simplemente porque eres fácil. Deberás tener un cuarto seguro. Te amarrarás con cadena. Protégete las muñecas con tela para que no te lastimes, unos calcetines siempre sirven. Bebe mucha agua y que te encierren hasta que el frío desaparezca. Después de eso podrás bañarte, ir a misa para cantarle a ese cojonudo de Dios que hizo de ti una muñeca para fornicar, y continuar tu vida.

Me miró por última vez y se fue. Noté que sus muñecas estaban heridas. Seguramente era poseído continuamente. No le di importancia, al contrario, me sentí segura, pues no era yo la única. Comprendí que había muchos con ese problema. Una especie de "diabetes", pero más molesta.

Meses después murió en un accidente de tráfico cuando subía la Sierra Madre de Oaxaca. Dicen que estaba más pasado en drogas que un hippie. No lo dudo.

Papá decidió que había que comenzar la vida de nuevo y nos mudamos a Anaheim, a una casa de cuatro habitaciones. Sólo requeríamos de tres, pero entendió las necesidades por mi problema. Esa casa es ahora mía. Mi hermano ya trabaja en Alberta, Canadá, y hasta ahora lo más cerca a un demonio que ha estado es en un videojuego. Mamá está conmigo, pues sin papá no había por qué regresarse a México. Tengo a mi hija y estoy firmando los papeles del divorcio del cabrón de mi ex. No lo culpo, tener una mamá poseída cada tres meses podía ser peor que usar drogas. Las drogas, al final, puedes dejarlas.

Me cansé de ser maquillista en JC Penney. Era un sueldo fijo y buenas prestaciones, pero no como lo que te pagan los diableros. Así que me iba a buscar clientes cada noche. Algunas son buenas, otras malas. Algunas veces terminaba como hoy, al lado de una mujer del tamaño de un tinaco. Y otras veces con unos dólares extras. Esa noche sobreviví. Podré ver a mi hija en unos días, me prometió un pastel. Mamá me lo dijo mientras me miraba acostumbrada. Yo ya lo estoy, no veo por qué ella no.

—¿Se puede? —oí detrás de la puerta. Reconocí la voz. Fue la última que escuché antes de desmayarme en el hospital.

—¡¿Elvis?! ¿Eres tú, cariño? —pregunté admirada. De la puerta emergió un enorme ramo. Con rosas, tulipanes, margaritas y petunias. Estoy segura de que hasta alcatraces llevaba. Era de esos costosos arreglos florales que mandan a las estrellitas de Hollywood por procrear niños idiotas que terminarán muriéndose en un "pasón" de drogas. Y esa chulada era para mí.

—Te ves bien, ricitos —saludó Elvis con una sonrisa. Su diente de oro brilló. Mamá me guiñó el ojo con cara de pícara. Me estaba acompañando en la convalecencia. Mi hija ya pasa los trece, es más que seguro dejarla sola en la casa de Anaheim. Se notó que a mamá le gustaron los músculos de Elvis que mostraba su camisa sin mangas. A mí me gustó su sonrisa.

—No podré correr los cien metros libres en varios días, pero se puede decir que estoy en una pieza —respondí. Me sentí idiota. Mamá estaba devorándolo con la mirada. Me volteé hacia ella para que no me hiciera quedar en ridículo, y murmuré—: Mamá, es hora de que vayas por un café.

Mamá se paró y se despidió amablemente. Se ha vuelto una libidinosa desde que papá murió. Le he dicho que vaya a los juegos de Bingo a ligar y poder montarse en un hombre, pero ella sólo contesta que en esos juegos no van chicos de veinte años.

—Desde hace días quería pasar a saludarte y entregarte algunas cosas. Los doctores no me lo permitieron —explicó al dejar su arreglo en la mesa. Le hice una señal con la mano para que se sentara a mi lado

—Ven, platícame… ¿Cómo estas tú?, ¿terminaron heridos?

—Estoy bien, chula. A míster Nice Suit ni lo despeinaron. Yo sólo me gané veinticinco puntos. Es para mi colección de heridas. Con ésta podré ganarte la siguiente vez —me dijo levantándose la camisa y mostrando su torso vendado. En el rostro tenía otras puntadas. La verdad es que ese demonio le había dado duro.

—Perdón.

—¡¿Por qué, Curlys?! Esa cosa te tenía, no creo que pudieras haber hecho mucho. Al contrario, deseo agradecerte —exclamó tomándome la mano. La sentí calida—. Tú nos salvaste la vida.

—No fue nada, estaba peleando por lo que me pertenecía.

Elvis sacó de la parte de atrás una bolsa arrugada de Wal-Mart. Con sonrisa de anuncio de pasta dental la puso en mis manos. La abrí, y dejé de respirar. Fue mucho tiempo. Hasta que mi mente dijo: "Sí, son dos paquetes de billetes de cien dólares".

—Te lo manda el señor Nice Suit por tu trabajo. Creo que lo mereces.

Nos quedamos mirando los dos con chispas y fuegos artificiales. Era de esos extraños momentos de triunfo cuando sabes que tu compañero también ganó. Lo amé como nunca había querido antes. No a Elvis, que sí me gusta, sino al dinero.

—Es mucho.

—Lo sé.

—Podré retirarme.

—Te extrañaremos.

—Te amo.

No contestó. Se quedó con los dos ojos abiertos cual sartenes. Creo que me dejé llevar por la emoción. Él se levantó de pronto, como si le hubieran inyectado una plaga contagiosa y mortal.

—Perdón, no me refería a eso... —no pude continuar. Las lágrimas brotaron cual regadera abierta sobre mis mejillas. Me hubiera gustado pellizcarme para comprobar que no era un sueño, pero ya de por sí me dolía todo como para lacerarme más.

—No tienes que explicarlo. Creo que sólo yo puedo entender por todo lo que has pasado. Uno desearía tener una vida normal, como cualquier vato, y nunca ver las cosas que nosotros vemos. Pero no se puede, ricitos; después de que la oscuridad te toca, tu vida nunca volverá a ver el sol.

—Me acabas de dar un pedazo de sol —lo interrumpí.

Él me miró, no sabía cómo reaccionar, sus ojos se veían tristes. Era alguien que huía de muchas cosas. Mientras que él se alejaba de la vida mundana, yo me aferraba a ella. Y eso le dio un aire, al menos creo que así lo pensó, pues poco a poco me regaló una mueca que terminó en sonrisa. Se fue caminando hacia atrás, como si no quisiera quitarme los ojos de encima.

—Salúdame a tu cuñada, dile que la veré en el *Beauty room* —le solté de despedida.

—También te manda saludos —respondió. Dio media vuelta y salió de mi habitación. Yo me quedé con su olor por un momento. Pero regresó. Sólo fue su cabeza la que se asomó.

—Cuando le dije a Dolores que vendría a verte, ella me pegó en el brazo y dijo que debería invitarte a salir. Que desde que trabajamos en San Diego con esos cubanos nos caímos bien… Dice que eres una buena opción para dejar de haraganear los domingos en la televisión. ¿Tú crees que tiene razón?

Claro que su cuñada tenía razón. Siempre hay que creer lo que las mujeres dicen. Si yo lo pensaba y ella lo pensaba, ya éramos dos.

—¿Es una cita?

—Sales del hospital mañana. Dejemos que te sientas mejor para alocarnos un poco y nos llamamos. Ya conoces mi *cellphone*. Termina con triple seis —soltó.

Como si fuera un chamaco penoso que acabara de besar a una niña, salió huyendo. Los hombres siempre son niños. Siempre son penosos. Me quedé sonriendo. Elvis seguramente ya estaba a tres kilómetros del hospital y yo todavía mantenía mi tonta sonrisa. Traté de quitarla, pero no pude. Por más que pensaba en algo decepcionante como mi ex marido, mi condición de "prostituta para exorcistas", o mi patética vida de ataques epilépticos, no logré borrar la estúpida sonrisa. No era para menos: en mi cama descansaban veinte mil dólares dispuestos a cumplir mis caprichos como el hada madrina de Cenicienta, y los papeles de divorcio firmados. Mi hija me esperaba con un pastel en casa y un buen hombre me había invitado a salir. Eso era grandioso. Llevaba más de tres años de estar en el dique seco. Elvis no sólo era una buena opción; estaba a punto de ganarme el premio mayor. Todos en el barrio sabíamos lo dedicado que era a su cuñada y su sobrino desde que la salvó del desgraciado de su hermano. No me importa que dijeran que era un asesino por matarlo. Como los machos, cumplió su sentencia y se ganó un lugar en el cielo.

Espero que me invite a un restaurante italiano. Amo la pasta. Trataré de no hacerme ilusiones. Prendo la televisión y veo las noticias de la TBN. Es el noticiero local. El comentarista con facciones orientales habla sobre la ola de posesiones satánicas que se ha desatado en Santa Bárbara. Siento que esa noticia es pura chorrada. Díganmelo a mí, que conozco de eso. Lo hacen solamente para salir en el *National Enquire* o con Jerry Springer. El obispo explica que es la falta de fe lo que ha desatado esta locura, y que él mismo tomará las riendas de los sucesos. Son impactantes las escenas del tumulto de gente por conseguir la comunión y escuchar misa. Me inquieta que haya tantas moscas alrededor de la iglesia.

Me volteo. Voy a evitar poner atención a la televisión. Las noticias dejaron de interesarme hace mucho tiempo. Es mejor soñar con mi cita, que me va a invitar a un restaurante italiano. Y pienso que, si tengo suerte, a lo mejor no llego a dormir a casa.

XII

El infierno diario

> "El infierno son los otros."
> Jean Paul Sartre

Dos años antes

Prometen una noche de diablos y música:
THE DEMONS ROCKIES
Notimex
Posted: 2007-01-11, 21:16:46

México, 11 de enero (Notimex).— La banda de metal neo punk, The Demon Rockies, quienes llevan este nombre porque su líder Billie Joe Ballard, guitarra y voz, y Tony Doval, bajo, en los inicios de su carrera experimentaron el dolor de la guerra de Afganistán como soldados del ejército americano. "Vimos cosas terribles. El verdadero infierno lo estamos construyendo nosotros", explicó el cantante fundador del grupo en su conferencia de prensa previa al concierto.

En el sonido de ambiente para la presentación de su nuevo disco, se escucharon las notas del himno *Also sprach Zarathustra*, de Strauss, principio de la canción *Diablo Days*, cuando sorpresivamente la gente se unió en un solo coro en la canción.

Al aparecer The Demon Rockies, el público los ovacionó. Liderado por Billie Joe, quien ha impuesto la moda de pelo largo con coleta, camiseta negra, corbata delgada roja y pantalones militares, fue emulado por cientos de jovencitos que vestían igual y que empezaron a brincar a la par de los músicos cuando abrieron su presentación con *American Neokiller*, que se apoya en la base musical de los Who, con coros femeninos que nos recuerdan los primeros discos de Britney Spears.

Pirotecnias, estallidos y velocidad fueron el sustento de esta locura musical que continuó con *Demon of Suburbio*. Se involucraron tanto con el público que no fue raro ver a Billie bajar a saludar a la gente, mientras se acomodaba su larga cabellera pelirroja.

Todos los invitados a la presentación bailaron y gritaron. Miles de rostros sudorosos casi desfallecieron cuando llegó el turno de su sencillo que llevaba más de tres semanas en el Billboard: Santo Diablero, que ya es favorita para ser nominada a los MTV Awards como canción del año.

Como en su anterior actuación en Texas, osaron interpretar *We are The Champions*, de Queen. La versión fue mediocre, pero la emotividad, mucha.

XIII
SIMPATÍA POR EL DIABLO

"Si no existe el diablo, y el hombre por lo tanto lo ha creado, él lo ha creado a su propia imagen y semejanza."
Fyodor Dostoievsky

Cuatro años y diez meses antes

El ronroneo de los motores del avión era el mejor somnífero. Sonaba igual que un enorme gato mostrando su felicidad ante las caricias de su dueño. No era extraño que el capitán Potocky estuviera en brazos de Morfeo desde que cruzaron el mar Muerto. No había nada interesante que husmear por la ventanilla. Afuera sólo se veían nubes que esperaban rellenarse más para descargar su lluvia. Más atrás había un gran plato de desierto. Alguna luz de un pueblo perdido en las montañas de Turkemistán trataba de hacerse notar, pero su labor era absurda: no lo lograba.

Elvis se asomó por la escotilla. El frío calaba su cuerpo, y aún con la manta encima apenas si sentía los dedos de sus manos. El avión no era cómodo. Estaba muy lejos de estar a la altura de un chárter clase turista. Esa monumental ave de acero había sido diseñada para volar, para transportar tanques y armas, no para llevar oficiales rumbo a la fiesta de año nuevo a un puerto en Georgia.

—Duérmete Infante —rezongó su superior, recostado, envuelto en cobijas dentro de su camioneta Hummer She-Devil.

—No tengo sueño, señor.

—Falta cruzar el mar Caspio. Te recomiendo que descanses.

Elvis no respondió. Se quedó mirando al exterior. Vio cómo la playa del desierto alcanzaba al mar. Algunos barcos iluminaban la noche como si la hubieran salpicado con luciérnagas. Eran tierras y aguas de las que nadie hablaba. Uno prendía la televisión en el barrio y ningún actor mencionaba esos nombres que parecían robados de leyendas de lugares perdidos. Elvis se preguntó quién habitaría aquellos pueblos en medio de la nada. Realmente eran tercos los humanos que se mataban en guerras por un pedazo de algo. Nacionalidad, patria y honor eran palabras arcaicas. El hombre se limitaba a ser blanco y negro, bueno o malo. El resto eran tonterías absurdas. No podía comprender a los tipos de turbante suicidándose en coches bomba por una roca. Era absurdo. Él era el mejor ejemplo de que el concepto de nacionalidad era tan débil como una varita de pan salado: mexicano de nacimiento, creció entre cholos de California y Salvatruchas de El Salvador. Quien lo había enseñado a leer y a escribir era un sacerdote chileno que murió en Nueva Guinea por contraer sida al asistir a un doctor francés. Su hermano menor había nacido en Fresno, un *Greencard* puro, se casó con una mujer de Guadalajara y fue poseído por un demonio arameo. Elvis lo mató con una escopeta de fabricación checoslovaca y pasó dos años en la cárcel compartiendo cuarto con un jamaiquino. Su maestro diablero, don Lucas, era indio yaqui, pero vivió en España y entrenó a contras en Nicaragua. Él mismo fue rescatado por un militar polaco y enrolado para partirle los huevos a los talibanes árabes en Afganistán, aunque estaba en verdad trabajando para misiones secretas de un grupo de poder domiciliado en Roma. Fin de su historia global. Fin del nacionalismo.

Vista de ese modo, su historia no le pareció tan absurda. Dicen que todos los caminos llegan a Roma. No lo dudaba. Sabía que en las cúpulas religiosas había más poder que en todo el senado junto. Por ello había dejado de votar, de ir a misa y de comer Big Macs. Nada es lo que parece.

—¿Te gusta? —le preguntó el capitán.

—Bonita vista, señor —respondió en automático. Su mente estaba muy lejos de ahí.

—No, me refiero a ser diablero.

Elvis no pudo responderle. En su vida no había tenido opciones. Tomaba lo primero que se le ofrecía. Ninguna vez pudo tomar una decisión. No le preguntaron para procrearlo y seguramente no le preguntarían para matarlo. Lo que para otros eran oportunidades, para él era sobrevivencia.

—No lo sé.

—Si me hubieras contestado una mierda, me habría molestado. Creo que no puedes saber si te gusta o no. Estoy de acuerdo. Somos elegidos por el destino. Algunos cazan ángeles, porque pueden ver ángeles. Otros cazamos demonios, porque vemos demonios —explicó Potocky. Se incorporó del asiento de su transporte. Los ronquidos del resto de su guardia personal que también dormitaba empezaron a sonar más alto que el motor del avión—. De joven pensé que podría ver la maldad en la gente, tal como puedo olfatear los demonios. Me enrolé para ser agente del FBI. A mamá se le hacía bíblico que el hijo bastardo de un sacerdote fuera policía. Se frustró cuando renuncié en medio de la búsqueda del *Unabomber*.

—¿Por qué renunció?

—Porque me di cuenta de que la maldad humana no se ve. Está en nosotros como un órgano. Igual que el corazón o los pulmones. Los viejos dicen que no se puede engañar al Diablo, pero es mentira. Al que no se puede engañar es a Dios —comenzó a narrar bajándose de la comodidad del asiento. Se plantó junto al cabo Infante. Le sacó de su bolsillo un cigarro y lo prendió. Dejó que el tabaco se tornara en color atardecer—. Dios dejó libre a Satanás pues supuestamente iba a tentar a la humanidad. Sería el gran juego: Dios contra el Diablo. Pero lo que nadie sabía es que poseía el partido amañado. Había comprado desde mucho antes a los jugadores, a los hombres: cuando creó a la humanidad, le otorgó maldad, mucha, inclusive mayor que la del Diablo. Volvió así inservibles a los demonios que los tentarían, incluso a los ángeles que pregonarían su bondad. Con el pretexto del libre albedrío, se cargó todas las instituciones espirituales. Dios fue el primer anarquista de la historia.

Elvis lo miró. Suspiró. Robó el cigarro de la mano de su jefe. Le dio una chupada grande, y lo convirtió en cenizas. Expulsó su vicio y se fue a la cabina.

—Creo que ya me voy a dormir.

El avión había aterrizado en la antigua base rusa de Batumi. Para que le hubieran dicho a Elvis que los rusos se habían ido hacía mucho tiempo de esa zona, el lugar estaba demasiado movido. Quizás realmente no se habían largado de ahí y los chicos alegres de la KGB habían preferido quedarse a tomar el sol de la costa de Georgia. Nadie quiere regresarse a Siberia.

Un par de helicópteros del ejército francés descansaba al lado del avión. Elvis revisó el equipo del transporte She-Devil e hizo la señal a su personal de que todo estaba en orden. No quedaba en el Hummer ni un solo símbolo del ejército norteamericano. Era una hermosa camioneta civil. Tom Jones cantaba en la radio *She is a Woman*, para aparentar que sólo era el transporte de un americano creyéndose gigoló en el fin del mundo.

Entró al vehículo y con un golpe en el hombro indicó al chofer que arrancara. El capitán Potocky estaba con la cara metida en su pantalla de la computadora. Podría estar jugando 21 o declarando la guerra a los rusos. Su cara de palo podría ser la misma para ambas situaciones.

—Todo listo, señor —indicó Elvis. Su capitán sólo movió la cabeza. Continuaba escribiendo. Estaba viviendo un día normal. Claro, la falsa normalidad de un comando del ejército norteamericano internado en el mar Negro, dirigiéndose al puerto de Batumi. Entre más visibles fueran más invisibles serían. Técnica barata de vendedor de drogas.

La camioneta rodeó la costa del fondeadero. Batumi era un puerto enorme. Ahí no había lugar para lanchitas. Todos los barcos estacionados eran tamaño XXL. Gigantes buques subdesarrollados para portar petróleo, queroseno y demás derivados de los ductos provenientes de Bakú. El puerto era el embudo del crudo que alimentó a los soviéticos por medio siglo. De ahí salió la gasolina para invadir Checoslovaquia, el Congo y Cuba. Hoy la Hoz y el Martillo estaban guardados bajo llave y el libre comercio era el nuevo soberano de la región. Empresas navales griegas, alemanas, turcas y suecas eran las que aportaban los dólares. Batumi era un puerto sin otra bandera que la del oro. El lugar perfecto para celebrar el año nuevo.

Se fueron acercando a la zona de los astilleros. Los colosos buques tanques dormían uno tras otro, como un desfile de cetáceos encallados en la playa. Al borde del ancladero, las enormes grúas asemejaban brazos de insectos gigantes. Las luces les daban un encanto lejano a este mundo, de enorme nave espacial.

—Es en el buque verde, el último —indicó el capitán señalando el extremo del dique. Un buque tanque, ligeramente hundido, se oxidaba perdido en la lejanía del puerto. Parecía haber encallado ahí desde tiempos lejanos, y que lo hubieran olvidado sus propietarios. Al verlo, Elvis pensó que era como los autos abandonados en las calles de Los Ángeles, que con el tiempo eran saqueados hasta quedar tan sólo en huesos. El color verde militar de la pintura del bote estaba siendo desposeído por óxido, mugre y musgo. Por su tono asemejaba una mosca verde barrigona. Sólo se dejaba leer su nombre en letras rojas: Simon Le Zélote.

—Infante, mi maleta —indicó el capitán rascándose la calva antes de colocarse su gorra. El transporte se detuvo. Los dos salieron y se pararon para ver la enorme cola metálica frente a ellos. Era una nalga de acero monumental mostrándose para ser besada.

—Enigmático nombre para un petrolero —comentó Elvis. Su capitán alzó los ojos para leer el nombre escondido entre el patín del tiempo.

—Simón el Cananeo… El apóstol, también llamado el zelote, porque estaba unido a un movimiento político radical. Su objetivo era una Judea independiente del Imperio Romano mediante la lucha armada. Murió cerca de aquí, en el mar Negro. Zelote quiere decir "celo por Dios".

El cabo Infante tomó la pesada maleta negra de su jefe y lo siguió a marcha forzada mientras decía:

—Hoy aprendí algo nuevo.

El capitán se detuvo de golpe. Sin mirarlo continuó explicando:

—Fue el fundador de El Cónclave —terminando, continuó con zancadas de saltos olímpicos.

—¿Qué es El Cónclave?

—Un grupo de gente que no creemos en el dominio del cielo o del infierno —respondió su superior. Fue cuando sus sentidos empezaron a ver cosas, a oír ruidos y oler sensaciones. Descubrió entre los lejanos ecos de la ciudad un murmullo semejante a un avispero. Luego encontró los reflectores en la parte superior del buque iluminando la noche. Entre las luces distinguió una serie de hombres en la cubierta. Todos estaban armados. De inmediato se llevó la mano a su pistola.

—No hay problema, están para cuidarnos —lo calmó Potocky, quien subió por el barandal que descargaba al pequeño acceso del barco. Comenzó a saltar por su peso—. Tendremos que dejar las armas —indicó sacando su Smith & Wesson. Elvis lo imitó. Al llegar a la puerta, una mujer en traje sastre la recibió y la colocó en una bolsa de terciopelo.

—Feliz año nuevo, capitán —le dijo la mujer a la que no se le apreciaba el acento ni la edad.

—Igualmente, Florence.

Un enorme negro rapado se plantó frente a Elvis. No llevaba más ropa que unos desgastados jeans y botas vaqueras azules. Con un gesto pidió que alzara las manos. Lo cacheó con tanto detenimiento que parecía que estaba cursando un examen. Por más que buscó en entrepierna, hombros, orejas y suelas de zapatos no encontró nada.

Elvis analizó el interior del cuarto, estaban en un pasillo sucio y olvidado. Olía a humedad y aceite quemado. Habían colocado luces colgantes entre los tubos para alumbrar el camino. El óxido se tragaba el metal como un gusano devora la hoja del árbol. Empezó a tener una sensación de claustrofobia y las gotas de sudor descendieron por su frente. El eco de sus pasos fue apagándose por el zumbido que había escuchado afuera. Al llegar a la última puerta, el rugido golpeó su cara. Con la luz llegó todo: estaba en el estómago del buque, en el gran tanque. Varios pisos de pasillos cubiertos de rejas cubrían las paredes. Se encontraban personas de todo tipo. Vestidos en un elegante traje sastre inglés o en bermudas. Supo Elvis que estaba en El Hoyo más grande del mundo. La catedral de los diableros, el gran circo romano clandestino del inframundo.

—Bienvenido a El Hoyo... —le dijo Potocky con una gran sonrisa mientras se iba metiendo entre los presentes. Como iba siguiéndolo y no deseaba perderse entre la muchedumbre, Elvis apenas distinguía escenas rápidas de lo que sucedía: botellas de champaña derramándose, drogas químicas intercambiándose de manos, fajos de billetes del grueso de un directorio telefónico agitándose, mujeres desnudas fornicando con un cerdo, hombres fornicando con un cisne, un mono dando de comer uvas a una famosa cantante pop, un cardenal intercambiando chismes con un rabino, brazos picados por cientos de agujas de heroína, lenguas lujuriosas limpiando la miel de un falo y hasta un muerto que era retirado para ceder su lugar a un monje budista.

Elvis sintió cólicos y mareos.

—Quiero presentarte a alguien —le explicó el capitán. Los dos caminaron por entre la muchedumbre. Robó dos copas de una pareja de japoneses. Vodka con kalhúa. El hielo refrescó la mente de Elvis. Por eso pudo saludar al que su capitán le presentaba.

—Un diablero auténtico, según el capitán. Felicidades, muchacho —le dijo un hombre gordo. La sotana lo hacía ver como tinaco negro. Su cuello de sacerdote estaba mojado por el sudor. La sonrisa era molesta: amarilla y falsa.

—El obispo fue quien me dijo que te trajera. Cree que podrás servir para la causa en El Cónclave —le expuso el polaco. Sus ojos de hielo brillaron—. Elvis, creo que hoy tu vida cambiará. Podrás escoger entre alcanzar el éxito o regresar a tu mierda de vida en el barrio.

—No le he pedido eso, capitán. Me gusta mi casa. Ahí yo mando.

El hombre gordo no dejó de sonreír. La falsedad en él era tan obvia como sus intenciones. Potocky decidió que no era momento para pelearse. Le dio un golpe cariñoso y pidió su portafolio. El cabo Elvis lo entregó, como siempre lo había hecho. Eran órdenes, y mientras estuviera en el ejército las acataría. Ya habría tiempo para mandarse él mismo. Su capitán lo abrió. Estaba lleno de fajos de billetes. Euros, no dólares. Muchos.

—Traje el dinero —le dijo el capitán al presbítero. Comenzaron a hablar en latín. Elvis se quedó un rato bebiendo su copa. Cuando ésta desapareció, su garganta se sintió seca. Buscó otra bebida. La encontró a dos palmas de él. Un mesero hindú llevaba dos copas de champaña. La odiaba, creía que era pomposa y ácida. Aun así, la tomó. Era año nuevo, seguiría la tradición. Cuando arrebató la copa de la charola, una delicada mano femenina tomó la otra. A Elvis le gustó. El resto era mejor. Lo primero que saboreó de ella era el Fleur de Fleurs de Nina Ricci. Era el único aroma que podía distinguir de una mujer. Los demás le olían a colonia de baño. Sus brazos eran firmes, sin la caída de la piel por la edad. El torso amplio, fuerte, como coraza. Sin mucho busto, sólo pequeñas ciruelas en cada lado. Suficientes por sí mismas. El pelo dorado, tejido con brotes de miel. Ondulaba cuando se escabullía detrás de su cuello. Pómulos redondeados y rojizos, de niña pícara, la que pone la chincheta en la silla del profesor. Labios seda rojos y ojos brillantes grises. La ropa corta, como arrancada de una revista de modas por una poseedora de cuenta bancaria gorda. Los diamantes también, pero esos provenían de una cuenta mayor, Suiza o las Islas Caimán.

—Tú eres el que atrapó al demonio en las cavernas —dijo con los labios en la copa. Silbaron las palabras.

—Quizás sea ése, quizás no. Hoy no tengo muchas ganas de serlo.

—Me gustan los que se ríen. Saben que todo es un gran chiste cósmico —soltó. Unos puntos rojos aparecieron en sus mejillas. Era una vista agradable.

—A decir verdad, sólo me río pero nunca entiendo la broma. Así que explícamela para estar preparado y así poder reírnos juntos —dijo listillo. El alcohol lo volvió rápido con la lengua.

—Belzebú te trae en la mira. Está escrito que el que domina a los *daimones* en la ciudad de los Ángeles será quien le ponga cadenas. Por eso se llevó a tu hermano; no lo tomes personal, fue sólo un chiste cósmico.

Elvis esta vez no pudo decir nada. Sacudió la cabeza para comprobar que sus orejas seguían donde las había dejado.

—¿Qué dijiste?

Pero la muchacha no repitió nada. Lo dejó así, le dio la espalda y se perdió entre los invitados. Su dorso descubierto coqueteó con Elvis, y le presumió dos grandes cicatrices: le habían arrancado unas alas.

—Ten cuidado con ella. Es una carta marcada —le dijo Potocky. Lo tomó del hombro y presionándolo lo atrajo a él, cual padre que recoge a su hijo para reprimirlo. Elvis se quedó masticando las palabras de la rubia.

—¿Quién es?

—Kitty Satana, la capturaron de niña pensando que era un querubín y la pusieron a pelear. Mató a sus contrincantes, compañeros y secuestradores. Es un ángel caído. Nunca confíes en ellos, no tienen dueño.

Elvis se quedó parado. Volteó para ver si lograba hallarla. No había indicios de ella. Sospechaba que no sería la última vez que se encontraran. Era del tipo de mujer que deja lápiz de labios en la ropa y no se borra fácilmente. Al contrario, se queda ahí y quema como ácido.

El delirio y el desenfreno seguían a su alrededor. Era una gran fiesta. Apenas el preámbulo, pues en un sistema de sonido comenzó a oírse la Sinfonía No. 6 de Beethoven, *La Pastoral*, señal de que comenzaría la gran función. El barullo fue descendiendo. Los rostros voltearon hacia El Hoyo, al centro de éste. Y la luz se hizo.

Un ser extendió sus alas. Eran enormes, hechas de miles de ojos que destellaban luminiscencia. Cada pluma era un lucero, cada ojo una galaxia. Al centro, él, sin vello ni pelo. Piel pura, blanca. No corrompida por el paso de la edad ni por el roce del mundo. Sus ojos se abrieron al mismo tiempo que alzaba los brazos. Su armadura se aferraba a sus miembros como conchas al molusco. La espada trajo al trueno. Retumbó en cada alma de los presentes. Era el filo de un creador poco benevolente. Estaba a punto de cargar contra el otro ser que estaba ahí, en el extremo contrario. Era un enorme espécimen, mayor que el mismo ser alado. Sus patas de león, tan desproporcionadas que apenas recordaban al felino. La cola de escamas se movía nerviosa, agitaba la cabeza de serpiente con la que terminaba. Sus alas, todas fuerza. Al batirlas, derribó a los presentes de las primeras líneas. Algunos quedaron con los cráneos comprimidos en las paredes de metal. El grito de guerra que soltó su cara barbada recordaba animales que no existieron. El caribú se lanzó contra el ángel y todo El Hoyo lo aclamó. Los billetes volaron por los aires. Se prendieron cientos de pantallas para ofrecer los detalles y los pormenores. Cada pantalla captando una uña, una herida, un paso. Eran imágenes, pero también ojos. Todos abiertos a los dos contrincantes.

—Te apuesto mil dólares a que gana el caribú... —le gritó al oído el capitán Potocky.

—Que sean cinco mil —reviró Elvis. Se miraron. Lo estaba disfrutando. Sentía la adrenalina de lo prohibido. La misma sensación que tuvo Adán al morder la manzana. El rugido volvió a retumbar en El Hoyo. Elvis, envalentonado, soltó a su jefe—: Yo le apuesto mil dólares a que no podrá atrapar a Angra Manyú...

Potocky hizo un gesto. Lo estaban retando, era tentador. No lo aceptó. Ni siquiera le contestó a Elvis.

Las alas del ángel tomaron vida. La luz del arca de la alianza se posó en él. La espada se enfiló al engendro, que sacó cada uña de las garras como navajas. Una aún tenía atrapada la cabeza de un humano, su anterior víctima. Los contrincantes gritaron tan alto como pudieron para hacerle saber al creador que estaban en guerra, que las fuerzas chocarían simplemente para beneficio de los que él había creado, para diversión del hombre que buscaba emociones.

Y se lanzaron a matarse, pues en este mundo no quedaba ya ninguna ley por la cual pelear. Los simios desnudos habían ganado.

XIV
CON EL DIABLO POR DENTRO

"Para millones y millones de seres
humanos el verdadero infierno es la Tierra."
Arthur Schopenhauer

Seis horas después

El hombre del elegante traje negro salió de la sacristía mientras el sol se instalaba cual potente reflector para iluminar la ciudad de sueños de celuloide y ángeles olvidados. Otras formas de vida emergieron en la metrópoli con la luz, muy distinta a la de la noche; llenas de energía, pero igualmente con la hediondez característica de un ropavejero recolectando trastes.

Miró su reloj de marca, regalo de una piadosa viuda que confesaba cada lunes, miércoles y fiestas de guardar. Era aún temprano para sus labores de religioso. Caminó hasta su automóvil, que aguardaba cubriéndose con la sombra de una palmera. Abrió el maletero para guardar su portafolio, mientras un grupo de rosas del jardín, perfectamente cuidadas por monjas de la caridad, le mandó besos.

El sacerdote se encontraba exhausto y deseaba, ante todo, dormir. Estaba a punto de tomar camino para su cuarto en el obispado cuando el sonoro cláxon de un convertible lo llamó. Fleur de Fleurs de Nina Ricci se expandió opacando las rosas que rodeaban la iglesia. Caminó hasta el automóvil con los pies juntos, como si guardara su orina acumulada toda la noche. Su rostro mostraba desprecio al auto deportivo conducido por la rubia de labios melocotón. La falda corta dejaba ver una pincelada de la ropa interior en gris plata, pero el escote de su blusa era más aventurado, mostraba el par de pequeñas peras pecosas que sobresalían del delgado cuerpo de la mujer.

—Me gusta la eficiencia católica. Supongo que nuestro querido señor obispo debe estar feliz por el regalo que le conseguiste —le dijo sin quitarse los lentes oscuros.

—Así es. Lo aprobó, miss Satana —respondió el predicador con tono higienizado.

—¿Y ahora, qué? ¿A seguir pregonando el fin del mundo?

—Esto se acabó, ya no más —respondió míster Nice Suit.

La muchacha poco a poco fue deformando su rostro, curveando sus músculos faciales y dejando emerger sarcásticamente sus cejas, de las gafas polarizadas, para mostrar el mismo gesto que Dios otorgó a Adán y Eva cuando mordieron el fruto prohibido.

—Te equivocas. Deberías de saberlo. Esto nunca acaba.

Los diableros

Los cazadores de ángeles son ideas del brillante artista gráfico mexicano Edgar Clement, quien los plasmó originalmente en su novela gráfica *Operación Bolívar*. Parte de esa mitología la usamos para el cómic *Crimson* muchos años antes de que los vampiros volvieran a estar de moda y se convirtieran en metrosexuales. Como narrador, me apropié de esas alocadas ideas. Las sembré en mi imaginación, y fue el mismo Edgar Clement el culpable de lo que sucedió después.

Todo comenzó una noche, hace años. Fue en Monterrey, en el estudio del creativo Francisco Ruiz Velasco, donde los tres platicamos sobre cazadores de demonios para ponerlos a pelear en juegos clandestinos. Así que, tal como lo hicieron doscientos años atrás en un chalet en Suiza los escritores Lord Byron, Mary Shelley, Percy Shelley y Polidori, al prometerse escribir una obra de horror (de donde salieron *Frankestein* y *El vampiro*), Clement, Ruiz Velasco y yo lo hicimos. Esta novela es mi versión a esa idea; *Kerumin*, la novela gráfica, es la interpretación de Edgar Clement, y Ruiz Velasco está levantado su película sobre el mismo tema en Hollywood.

Para escribir esta alocada historia, tomé de aquí y de allá: de *Cuartos para gente sola* de S.M Servín, que disfruté mucho. También de los cuentos de Clive Baker que me ayudaron a redondear el universo. El libro *Cuervos*, de Daniel Krauze, me inspiró la estructura. Las películas de Robert Rodríguez fueron las que marcaron el tono y humor. Todos estos eclécticos ingredientes se amalgamaron con mi gusto por los cómics de Alan Moore.

Agradezco la labor de corrección de Maleni Salazar; el entusiasmo de Karen Chacek para con la novela; a Lourdes Pérez (Pipsi), por prestarse a ser personaje; a Lillyan y Arantza, por obsequiarme el tiempo de ellas para este mundo; al apoyo de Bernat Fiol y a Jorge Solís Arenazas, por creer en Elvis Infante.

A diferencia de mis obras más "literarias", este libro es un gusto que me di. Una novela donde podría jugar como cuando leo cómics y me siento niño de nuevo. Espero que también ustedes lo hagan. En el fondo, dejamos de ser niños cuando paramos de jugar. Yo deseo jugar hasta el ultimo día de mi vida...

F.G. HAGHENBECK
Los Ángeles-Puerto Vallarta.

Suma de Letras es un sello editorial del Grupo Santillana

www.sumadeletras.com.mx

Argentina
Avda. Leandro N. Alem, 720
C 1001 AAP Buenos Aires
Tel. (54 114) 119 50 00
Fax (54 114) 912 74 40

Bolivia
Avda. Arce, 2333
La Paz
Tel. (591 2) 44 11 22
Fax (591 2) 44 22 08

Chile
Dr. Aníbal Ariztía, 1444
Providencia
Santiago de Chile
Tel. (56 2) 384 30 00
Fax (56 2) 384 30 60

Colombia
Calle 80, 9-69
Bogotá
Tel. (57 1) 635 12 00
Fax (57 1) 236 93 82

Costa Rica
La Uruca
Del Edificio de Aviación Civil 200 m al
Oeste
San José de Costa Rica
Tel. (506) 22 20 42 42 y 25 20 05 05
Fax (506) 22 20 13 20

Ecuador
Avda. Eloy Alfaro, 33-3470 y Avda. 6 de
Diciembre
Quito
Tel. (593 2) 244 66 56 y 244 21 54
Fax (593 2) 244 87 91

El Salvador
Siemens, 51
Zona Industrial Santa Elena
Antiguo Cuscatlan - La Libertad
Tel. (503) 2 505 89 y 2 289 89 20
Fax (503) 2 278 60 66

España
Torrelaguna, 60
28043 Madrid
Tel. (34 91) 744 90 60
Fax (34 91) 744 92 24

Estados Unidos
2023 N.W 84th Avenue
Doral, FL 33122
Tel. (1 305) 591 95 22 y 591 22 32
Fax (1 305) 591 74 73

Guatemala
7ª Avda. 11-11
Zona 9
Guatemala C.A.
Tel. (502) 24 29 43 00

Fax (502) 24 29 43 43
Honduras
Colonia Tepeyac Contigua a Banco Cuscatlan
Boulevard Juan Pablo, frente al Templo
Adventista 7º Día, Casa 1626
Tegucigalpa
Tel. (504) 239 98 84

México
Avda. Universidad, 767
Colonia del Valle
03100 México D.F.
Tel. (52 5) 554 20 75 30
Fax (52 5) 556 01 10 67

Panamá
Vía Transísmica, Urb. Industrial Orillac,
Calle Segunda, local 9
Ciudad de Panamá
Tel. (507) 261 29 95

Paraguay
Avda. Venezuela, 276,
entre Mariscal López y España
Asunción
Tel./fax (595 21) 213 294 y 214 983

Perú
Avda. Primavera, 2160
Surco
Lima 33
Tel. (51 1) 313 40 00
Fax. (51 1) 313 40 01

Puerto Rico
Avda. Roosevelt, 1506
Guaynabo 00968
Puerto Rico
Tel. (1 787) 781 98 00
Fax (1 787) 782 61 49

República Dominicana
Juan Sánchez Ramírez, 9
Gazcue
Santo Domingo R.D.
Tel. (1809) 682 13 82 y 221 08 70
Fax (1809) 689 10 22

Uruguay
Juan Manuel Blanes, 1132
11200 Montevideo
Tel. (598 2) 402 73 42 y 402 72 71
Fax (598 2) 401 51 86

Venezuela
Avda. Rómulo Gallegos
Edificio Zulia, 1º - Sector Monte Cristo
Boleita Norte
Caracas
Tel. (58 212) 235 30 33
Fax (58 212) 239 10 51

Este libro se terminó de imprimir en febrero de 2011
en los talleres de Litográfica Ingramex, S.A. de C.V.
Centeno 162-1, Col. Granjas Esmeralda
C.P. 09810 México, D.F.